TOTEM

Friedrich Dürrenmatt (1921-1990), fils d'un pasteur protestant, est né à Konolfingen, dans le canton de Berne, et mort à Neuchâtel, où il a vécu 38 ans. Il a étudié la philosophie, la littérature allemande et l'histoire de l'art à Berne et à Zurich, et a travaillé comme dramaturge, romancier, essayiste et peintre. Ses pièces de théâtre *La Visite de la vieille dame* et *Les Physiciens* lui ont valu une renommée internationale, de même que les adaptations cinématographiques de ses romans policiers dont *La Promesse* (*The Pledge*, de Sean Penn, avec Jack Nicholson et Robin Wright). Friedrich Dürrenmatt est l'un des maîtres incontestés de la littérature de langue allemande contemporaine.

LA PROMESSE

Je suis tenté de comparer *La Promesse* au Simenon le plus exquis.

The New York Times Book Review

La Promesse est une œuvre subtile et forte ; elle laisse des traces profondes.

Le Figaro

La Promesse est un grand roman, le volet épique de *La Visite de la vieille dame*. Une histoire qui déborde d'intelligence, de réalisme et d'imagination.

Die Zeit

Friedrich Dürrenmatt

LA PROMESSE

Requiem pour le roman policier

Traduit de l'allemand
par Alexandre Pateau

TOTEM

TOTEM n°257

Titre original : DAS VERSPRECHEN

ISBN 978-2-35178-871-4
ISSN 2105-4681
Illustration de couverture © Riki Blanco
Conception graphique de la couverture : Valérie Renaud

I

En mars dernier, je devais donner au cercle André Cambrouse de Coire une conférence sur l'art d'écrire des romans policiers. La nuit tombait déjà quand mon train est entré en gare, les nuages bas crachaient de sinistres rafales de neige, et pour ne rien arranger, le verglas recouvrait tout. La soirée avait lieu dans la salle de l'Association des employés de commerce, face à un public clairsemé, car Emil Staiger palabrait au même moment sur le vieux Goethe dans l'auditorium du lycée local. J'étais d'humeur morose, mes auditeurs aussi ; la sauce ne prenait pas, et plusieurs autochtones ont quitté la salle avant la fin de mon exposé. Après avoir échangé quelques mots avec des membres du comité et deux ou trois professeurs du lycée, qui regrettaient eux aussi d'avoir raté le vieux Goethe, ainsi qu'une dame au grand cœur s'occupant à titre bénévole de l'Union des employés de maison de Suisse orientale, j'ai encaissé mon cachet, mes frais de voyage, et j'ai enfin pris mes quartiers au Chamois, l'hôtel près de la gare où on m'avait casé. Ce n'était pas beaucoup plus réjouissant. Rien à lire à part une gazette économique allemande et un vieil hebdomadaire de centre droit, le silence dans l'hôtel était inhumain, et pas moyen de fermer l'œil, j'avais trop peur de ne jamais le rouvrir. Nuit lugubre et sans fin. Dehors, la neige avait cessé, tout était immobile, les lampadaires ne tanguaient plus, pas un souffle, pas un Coirien, pas un chien, le vide total, sauf pour un coup de corne qui tonna depuis la gare, résonnant jusqu'à l'horizon. Je suis descendu au bar prendre un dernier whisky. Un seul client tenait compagnie à la vieille serveuse, un monsieur qui s'est présenté à moi au moment même où je me suis assis. C'était un certain H., docteur en droit de son état, ex-commandant de la police cantonale de Zurich, homme grand et massif, vieille école, avec une chaîne de montre en or tendue sur son veston, comme on n'en voit quasiment plus. Il avait les cheveux en brosse, encore noirs malgré l'âge, la moustache fournie. Assis sur le haut tabouret du comptoir, il buvait du rouge, fumait un Bahianos et appelait la serveuse par son prénom. Il parlait fort, avec des gestes tranchés, ce n'était pas un tendre, j'étais partagé entre la curiosité et le dégoût. Sur le coup des trois heures, alors que le premier Johnnie Walker avait été suivi par quatre autres, il a proposé de me ramener à Zurich le lendemain matin dans son Opel Kapitan. Comme je ne connaissais que superficiellement les environs de Coire, et à vrai dire cette partie de la Suisse, j'ai accepté l'invitation. H. était venu dans les Grisons comme membre d'une commission fédérale, et les intempéries l'ayant empêché de rentrer, il avait assisté à ma conférence, mais il n'en dit rien, lâcha seulement cette phrase :

— J'ai connu peu d'orateurs aussi maladroits.

Le lendemain matin, nous nous sommes mis en route. J'avais pris deux Médomine à l'aube, histoire de pouvoir dormir encore un peu, et j'étais passablement ralenti. Il faisait jour depuis longtemps, mais la lumière peinait à émerger. Un bout de ciel métallique brillait de loin en loin, vite obstrué par les nuages qui se traînaient, lourds et las, charriant encore leur neige ; on aurait dit que l'hiver refusait de quitter cette partie du pays. La ville était encaissée entre des montagnes, mais qui n'avaient rien de majestueux, elles ressemblaient plutôt à des amas de terre, comme si on venait de creuser une gigantesque tombe. Coire elle-même semblait de pierre, un damier gris semé de grands bâtiments administratifs. J'avais du mal à imaginer qu'ils arrivent à faire du vin. Nous avons tenté de pénétrer jusqu'au vieux centre, mais notre tank s'est perdu, a échoué dans des culs-de-sac, il a fallu des manœuvres compliquées pour le dépêtrer de ce labyrinthe d'immeubles. Pour couronner le tout, le pavé était verglacé, et nous étions soulagés de laisser enfin la ville derrière nous, même si je regrettais de n'avoir finalement rien vu de ce vieil évêché. On aurait dit une fuite. Je piquais du nez, plombé de fatigue ; la vallée enneigée coulissait lentement à travers le bas plafond des nuages, fantomatique, pétrifiée par le froid. Cela dura un temps infini. Puis un grand village est apparu, peut-être une petite ville, nous l'avons abordé prudemment, et soudain le soleil a tout inondé ; la lumière était si puissante, si aveuglante que les couches de neige commençaient déjà à fondre. Un brouillard blanc est monté du sol, se déployant tel un voile inquiétant sur les champs immaculés, dérobant encore la vallée à mon regard. Ça ressemblait à un mauvais rêve, un mauvais sort, comme si j'étais voué à ne jamais connaître ce pays et ces montagnes. La fatigue m'a repris, l'irritation aussi, à cause des graviers qu'on avait semés sur la route et qui crépitaient sous nos pneus; la voiture a légèrement dérapé en traversant un pont; il y a eu un convoi militaire, et la vitre s'est tellement encrassée que les essuie-glaces ne servaient plus à rien. À côté de moi, H. ruminait au volant, perdu dans ses pensées, concentré sur les dangers de la route. Je regrettais d'avoir accepté l'invitation, je maudissais le whisky et la Médomine. Et puis ça s'est éclairci. Peu à peu, la vallée est redevenue visible, et plus humaine. Partout des fermes, quelques petites usines, tout était propre et fruste, la route lavée de sa neige et de son verglas, étincelante comme après une averse, mais sûre désormais, ce qui nous a permis de rouler à une vitesse plus décente. Les montagnes s'étaient écartées, elles ne nous oppressaient plus, et c'est alors que nous nous sommes arrêtés à une station-service.

La petite maison faisait tout de suite un drôle d'effet, peut-être parce qu'elle se détachait de son décor suisse, bien propret. Elle était lamentable, complètement trempée, l'eau dégoulinait en ruisseaux sur ses flancs. La moitié de la baraque était en pierre, l'autre moitié se prolongeait en une grange dont le mur en bois, côté route, était recouvert d'affiches, depuis longtemps sans doute, car de grandes couches de papier collé avaient fini par se superposer: LE TABAC BURRUS SE FUME AUSSI DANS LES PIPES MODERNES, BUVEZ CANADA DRY, LES DRAGÉES SPORT MINT, FAITES LE PLEIN DE VITAMINES, LE CHOCOLAT AU LAIT LINDT, etc. Sur le pan de mur resté libre, PNEU PIRELLI s'étalait en lettres monstrueuses. Les deux pompes à essence se trouvaient devant la partie en pierre de la maison, sur un carré de terrain inégal et mal pavé ; tout semblait à l'abandon, délabré, malgré le soleil dont l'éclat était devenu lancinant, presque malveillant.

— Descendons, a dit l'ancien commandant.

Et j'ai obéi sans comprendre ce qu'il avait en tête, pas mécontent de prendre un peu l'air.

Un vieillard était assis sur un banc en pierre près de la porte d'entrée grande ouverte. Sale, la barbe hirsute, il portait une blouse claire mais crasseuse, constellée de taches, et un pantalon noir luisant de graisse qui avait dû appartenir à un smoking. Les pieds enfoncés dans de vieilles pantoufles, il avait le regard fixe, l'air abruti, et je sentais d'ici les effluves de schnaps. D'absinthe. Le sol autour du banc était jonché de mégots qui stagnaient dans les flaques de neige fondue.

— 'jour, a dit le commandant, qui me semblait soudain mal à l'aise. Mettez-moi du super, s'il vous plaît. Et faites aussi les vitres. (Puis se tournant vers moi :) Entrons.

Alors seulement, j'ai remarqué l'enseigne qui surplombait la seule fenêtre visible. C'était un panneau en tôle rouge, et on lisait au-dessus de la porte : LA ROSE. Nous avons pris un couloir sale où flottait une odeur de gnôle et de bière. C'est le commandant qui guidait, il a ouvert une porte en bois, il avait l'air de connaître la boutique. La salle du bistrot était sombre et misérable, seulement pourvue de quelques tables grossières avec leurs bancs ; les murs, ornés de stars du cinéma découpées dans des illustrés. La radio autrichienne communiquait un bulletin de marché pour le Tyrol, et on apercevait en plissant les yeux une femme maigrichonne derrière le comptoir. Elle était en peignoir et lavait les verres, cigarette aux lèvres.

— Deux cafés crème, a lancé le commandant.

La femme s'est mise à s'activer, et une serveuse est sortie de la pièce d'à côté, une souillon, la trentaine à vue d'œil.

— Elle a seize ans, a grogné le commandant.

C'était la gamine qui servait. Elle portait une jupe noire et un chemisier blanc mal boutonné, rien en dessous ; elle avait la peau sale, les cheveux blonds, comme l'avaient peut-être été ceux de la femme derrière le comptoir, et pas coiffés.

— Merci, Annemarie, a dit le commandant en posant l'argent sur la table.

Là non plus, pas de réponse, pas un merci. Nous buvions en silence. Le café était infâme. Le commandant s'est allumé un Bahianos. La radio autrichienne était passée au niveau des eaux, la fille à la pièce d'à côté, en traînant des savates ; on distinguait une masse blanchâtre dans la pénombre, sûrement un lit défait.

— Partons, a conclu le commandant.

Une fois dehors, il a payé après avoir jeté un coup d'œil à la pompe. Le vieux avait remis de l'essence et nettoyé les vitres.

— À une prochaine, a dit le commandant en guise d'adieu, et j'ai encore été frappé par sa gêne.

Mais le vieux n'a pas plus répondu que tout à l'heure, il s'était rassis sur son banc et fixait un point loin devant lui, abruti, éteint. Au moment de remonter dans l'Opel Kapitan, nous nous sommes retournés une dernière fois, et le vieux, serrant les poings, s'est mis à les balancer et à murmurer, soufflant les mots par saccades entre ses dents, le visage illuminé par une incommensurable foi :

— J'attends, j'attends, il viendra, il viendra.

2

— Pour être honnête, a repris le commandant H. un peu plus tard, alors que nous nous apprêtions à franchir le col du Kerenzerberg – la route était à nouveau verglacée et le lac de Walenstadt s'étendait sous nos yeux, étincelant, froid et hostile ; la fatigue de plomb de la Médomine recommençait à m'envahir, l'arrière-goût de fumée du whisky remontait, et avec lui le sentiment de glisser dans un songe sans fin, sans but – pour être honnête, je n'ai jamais tenu les romans policiers en grande estime, et je regrette que vous vous y abaissiez, vous aussi. C'est du temps perdu. Ce que vous avez exposé hier soir peut s'entendre, je l'admets ; depuis que les politiques échouent d'une façon si impardonnable – et j'en sais quelque chose puisque j'en suis un, conseiller national, mais je ne vous apprends rien (de fait, il me l'apprenait, sa voix me parvenait comme un écho lointain, j'étais retranché derrière ma fatigue, mais à l'affût comme une bête dans sa tanière) –, les gens espèrent qu'au moins, la police sera capable de mettre un peu d'ordre dans le monde, même si je ne connais pas d'espoir plus misérable que celui-ci. Le problème, c'est que dans toutes ces histoires policières, c'est une tricherie autrement plus grave qu'on essaie de nous servir. Et je ne parle même pas du fait que vos criminels finissent par trouver leur châtiment. Car ce joli conte doit bien avoir sa nécessité morale. Il fait partie des mensonges nécessaires au maintien de l'État, comme par exemple le bel adage, "le crime ne paie pas" – alors qu'il suffit d'observer un instant la société humaine pour connaître la vérité sur ce point –, tout ça, je vous l'accorde volontiers, ne serait-ce qu'en vertu du principe commercial, car chaque public et chaque contribuable a bien le droit d'avoir ses héros et son *happy end*, et il nous revient autant à nous, la police, qu'à vous, les gratte-papier, de les leur donner. Non, ce qui a le don de m'énerver, c'est l'intrigue de vos romans. Là, l'entourloupe devient trop exorbitante, trop scandaleuse. Vous construisez vos histoires selon un plan logique ; c'est comme aux échecs, d'un côté l'assassin, de l'autre la victime, ici le complice, là le profiteur ; il suffit que le détective connaisse les règles et rejoue la partie, et paf, voilà l'assassin coincé, la justice prête à triompher. Cette fiction me met hors de moi. On peut certes s'approcher de la vérité par la logique, mais en partie seulement. Et s'il est vrai que nous autres de la police, et nous plus que quiconque, sommes forcés de procéder logiquement, scientifiquement, les éléments perturbateurs qui viennent nous saloper le travail sont si fréquents que c'est le hasard et la chance du vieux briscard qui décident le plus souvent en notre faveur – ou contre nous. Seulement voilà, le hasard ne joue aucun rôle dans vos romans, et quand quelque chose tient du hasard, on peut parier que ce sera le destin et la providence ; depuis toujours, vous, les écrivains, vous donnez la vérité en pâture aux règles dramaturgiques. Envoyez-les au diable une bonne fois pour toutes, vos règles. Un événement ne peut se résoudre comme une simple addition, ne serait-ce que parce que nous ne connaissons pas tous les facteurs clés ; nous n'en connaissons que très peu, et ils sont presque toujours secondaires. Sans parler des circonstances hasardeuses, imprévisibles, impondérables – elles sont capitales. Nos lois se fondent uniquement sur la probabilité, les statistiques, et non sur la causalité, elles se vérifient seulement au général, jamais au particulier. L'individu se tient hors de tout calcul. Nos moyens criminels sont insuffisants, et en fin de compte, plus nous les renforçons, moins ils sont suffisants. Mais vous, les gratte-papier, ça vous est bien égal. Au lieu de prendre à bras-le-corps une réalité qui nous échappe toujours, vous échafaudez un monde qu'il s'agit de maîtriser. Or, ce monde a beau être parfait, possible, il demeure un mensonge. Lâchez-la un peu, votre perfection, si vous voulez vraiment vous approcher des choses, de la réalité, agir en hommes, sans quoi vous resterez plantés là, penchés sur vos exercices de style qui n'apportent rien à personne. Mais trêve de bavardage.

"Un certain nombre de choses vous ont étonné, ce matin. D'abord mon petit discours, je crois ; un ancien commandant de la police cantonale de Zurich devrait sans doute mesurer ses propos, mais je suis vieux, voyez-vous, on ne me la fait plus. Je sais combien notre conduite est discutable, combien nous sommes impuissants et prompts à nous tromper, mais je sais aussi que nous devons agir, envers et contre tout, quand bien même nous courons le risque de faire fausse route.

"Vous vous êtes aussi demandé pourquoi je me suis arrêté dans cette lamentable station-service, et je vais vous le dire tout de suite : l'épave qui nous a fait le plein, ce pauvre hère imbibé d'alcool, c'était mon meilleur élément. Dieu sait que je connaissais le métier, mais Matthias était un génie, et d'un autre calibre que l'un de vos détectives.

"L'histoire remonte à bientôt neuf ans, a poursuivi le commandant H. après avoir doublé un camion de la compagnie Shell. Matthias était l'un de mes commissaires, ou pour mieux dire, un de mes lieutenants, car à la police cantonale, ce sont les grades militaires qui ont cours. Un juriste, comme moi. Il était de Bâle, avait passé son doctorat à Bâle, et on l'avait surnommé, d'abord dans certains cercles qui le côtoyaient pour raisons... professionnelles, puis dans les rangs de la police, "la Cuirasse". C'était un solitaire, toujours bien mis, impersonnel, protocolaire, sans relations connues, il ne fumait pas, ne buvait pas, mais possédait son métier comme personne et l'exerçait durement, impitoyablement, suscitant autant de haine que d'admiration. Je n'ai jamais pu le percer à jour. Je crois que j'étais le seul à l'apprécier – c'est que, en général, j'aime les gens qui sont nets et lisibles, même si son manque d'humour me tapait parfois sur les nerfs. Son discernement était remarquable, mais le tissu par trop rigide de notre pays avait émoussé sa capacité à s'émouvoir. C'était un homme d'organisation, qui maniait l'appareil policier comme une règle à calcul. Il n'était pas marié, ne parlait absolument jamais de sa vie privée, n'en avait sans doute aucune. Tout ce qui l'intéressait, c'était son métier, qu'il pratiquait en criminologue de grande envergure, mais sans passion. Et il avait beau accomplir sa tâche obstinément, inlassablement, on aurait dit qu'elle l'ennuyait, jusqu'à ce qu'il soit mêlé à une affaire qui a titillé sa passion.

"À l'époque, le commissaire Matthias était au sommet de sa carrière, mais il avait créé quelques difficultés au département. Il commençait à être temps pour le conseil de songer à ma retraite, et donc à mon successeur. À vrai dire, seul Matthias entrait en ligne de compte. Mais des obstacles que l'on ne pouvait ignorer ont compliqué le vote attendu. D'abord, il n'était pas encarté, et puis l'équipe aurait fait des histoires. En même temps, on rechignait en haut lieu à laisser filer un fonctionnaire aussi zélé; voilà pourquoi, quand l'État jordanien a demandé à la Confédération de lui envoyer un spécialiste à Amman pour réorganiser la police locale, c'était l'occasion rêvée: Zurich a proposé Matthias, Berne et Amman ont accepté dans la foulée. Et tout le monde s'est détendu. Ce choix lui allait aussi, à Matthias, et pas seulement d'un point de vue professionnel. Il avait la cinquantaine passée – un peu de soleil sur le sable du désert ne pouvait pas faire de mal; il était heureux de partir, de s'envoler au-dessus des Alpes et de la Méditerranée, sans doute qu'il pensait déjà à tirer sa révérence, car il parlait d'aller s'installer au Danemark une fois sa mission terminée, près de sa sœur qui y vivait, déjà veuve. Il était occupé à débarrasser son bureau dans le bâtiment de la police cantonale, rue de la Caserne, quand le coup de fil est tombé.

3

“MATTHIAS a eu du mal à voir clair dans le rapport plutôt embrouillé qu'on lui a fait. C'était un de ses vieux “indics”, qui appelait depuis Mègre, petit patelin aux environs de Zurich, un colporteur du nom de von Gunten. Matthias n'avait pas grande envie de s'occuper de l'affaire, c'était son dernier après-midi rue de la Caserne, le billet d'avion était déjà pris, il partait trois jours plus tard. Seulement moi, j'étais absent, j'assistais à une conférence des commandants de police à Berne, et on ne m'attendait que le soir. Il fallait agir vite et bien. Le manque d'expérience pouvait tout faire capoter. Matthias demanda la ligne du poste de police de Mègre. C'était vers la fin avril, des averses diluviennes s'abattaient au-dehors, le foehn qui soufflait en tempête venait d'atteindre la ville, mais la chaleur désagréable et malsaine ne faiblissait pas pour autant, les gens étouffaient.

C'est l'agent de police Riesen qui décrocha.

— Il pleut aussi à Mègre ? demanda d'abord Matthias sur un ton maussade, même si la réponse allait de soi, et son visage devint encore plus sombre.

Il donna la consigne d'aller surveiller le colporteur au Cerf, le plus discrètement possible.

Matthias raccrocha.

— Y a quelque chose ? s'empressa de dire Feller avec curiosité, qui était en train d'aider son chef à faire ses cartons.

Il fallait liquider toute une bibliothèque qui s'était accumulée au fil des ans.

— Il pleut aussi à Mègre, répondit le commissaire. Prévenez police secours.

— Meurtre ?

— Saloperie de pluie, grommela Matthias en guise de réponse, sans faire attention à Feller, qui l'avait mal pris.

Mais avant de rejoindre le procureur et le lieutenant Henzi qui trépignaient dans la voiture, il feuilleta le dossier de von Gunten. L'homme avait des antécédents. Attentat à la pudeur sur une gamine de quatorze ans.

4

“PERSONNE n’aurait pu le prévoir, mais l’ordre de surveiller le colporteur est bientôt apparu comme une erreur. Mègre était une petite communauté. Des paysans pour la plupart, même si quelques-uns travaillaient dans les usines de la vallée, ou à la tuilerie voisine. Il y avait bien quelques citadins qui vivaient dans ce village reculé, deux ou trois architectes, un sculpteur d’art, mais ils n’y jouaient aucun rôle. Tout le monde se connaissait, et ils étaient presque tous parents. Le village était en conflit avec la ville, peut-être pas officiellement, mais en tout cas de manière larvée ; car les forêts qui entouraient Mègre appartenaient à la ville, une réalité qu’aucun vrai habitant du village n’avait jamais prise en compte, ce qui, à une époque, avait causé beaucoup de soucis à la police forestière. Et c’étaient eux qui avaient exigé, et obtenu, il y a des années, qu’un poste de police soit installé à Mègre, décision aggravée par le fait que des flots de citadins annexaient le patelin tous les dimanches, et que le Cerf attirait beaucoup de monde la nuit. Au vu d’une telle situation, on comprend que le policier affecté à la surveillance de Mègre avait intérêt à connaître son métier, tout en se montrant humain vis-à-vis de la petite communauté. Parachuté dans le village, l'agent de police Wegmüller n'avait pas tardé à arriver à cette conclusion. Il venait lui-même d'une famille de paysans, buvait beaucoup et tenait admirablement ses Mégrois, mais il leur faisait tellement de concessions qu'au fond, j'aurais déjà dû intervenir. Mais je voyais en lui le moindre mal ; il faut dire que le manque de personnel m'y forçait un peu. J'avais la paix, et je laissais Wegmüller en paix. Pour ses remplaçants, en revanche – quand il était en congé –, ce n'était pas une partie de plaisir. Aux yeux des habitants, ils faisaient tout à l'envers. Même si le braconnage et le bois volé sur les exploitations forestières de l'État, et aussi les rixes au village, appartenaient à la légende depuis belle lurette, c'est-à-dire depuis le boom économique, la méfiance traditionnelle envers les pouvoirs publics couvait toujours parmi les habitants. Cette fois c'était Riesen, surtout, qui en prenait pour son grade. Gaillard un peu niais, dénué d'humour, il réagissait au quart de tour et n'était pas à la hauteur des incessantes taquineries des habitants de Mègre ; à vrai dire il était trop sensible, même pour des régions normales. Dès qu'il avait terminé ses rondes et ses contrôles quotidiens, il disparaissait, craignant trop la confrontation avec les villageois. Dans ces circonstances, il était évidemment impensable d'observer le colporteur sans éveiller les soupçons. L'apparition du policier au Cerf, où il n'osait jamais se montrer, fut d'emblée perçue comme une affaire d'État. Et Riesen s'assit de manière si démonstrative face au colporteur que toutes les conservations se turent.

— Café ? demanda le taulier.
— Jamais pendant le service, répondit le policier.
Les paysans dévisagèrent le colporteur avec curiosité.
— Qu'est-ce qu'il a fait ? demanda un vieillard.
— C'est pas vos oignons.
La salle était basse et enfumée, une grotte aux parois de bois, il faisait une chaleur à crever, mais le taulier n'alluma pas la lampe pour autant. Les paysans étaient assis à une longue table, avec des verres de vin, des chopes de bière peut-être, seules leurs silhouettes se détachaient sur les vitres argentées où la pluie ruisselait, dégoulinait. Les claquements d'un baby-foot résonnaient jusqu'à la salle, se mêlant aux bruits automatiques d'une machine à sous américaine.
Von Gunten buvait un kirsch. Il avait peur. Il attendait, pelotonné dans son coin, le bras droit calé sur l'anse de son panier. Il avait l'impression d'être assis là depuis des heures. Tout était calme et sourd, menaçant. Il y eut une éclaircie derrière les vitres, la pluie se calma, et soudain le soleil réapparut. Seul le vent hurlait encore, secouant les murs. Von Gunten eut l'air soulagé d'entendre enfin les voitures s'arrêter à l'extérieur.
— Suivez-moi, dit Riesen en se levant.
Les deux hommes sortirent. Une limousine sombre attendait devant le local, près du gros véhicule de police secours ; l'ambulance suivait. Un soleil cru noyait la place du village. Deux enfants étaient près de la fontaine, cinq ou six ans, une fille et un garçon, elle une poupée sous le bras, lui brandissant une petite cravache.
— Asseyez-vous à côté du chauffeur, von Gunten ! lança Matthias vers la fenêtre de la limousine.

Et une fois le colporteur assis à l'intérieur, soupirant comme s'il était enfin en sécurité, et Riesen installé dans l'autre véhicule :

— Bon, et maintenant, montrez-nous ce que vous avez trouvé dans les bois.

5

“Ils coupèrent par l’herbe détrempée, car le sentier qui menait à la forêt n’était plus qu’un long bourbier, et ils se retrouvèrent bientôt autour du petit corps, qu’ils découvrirent parmi les feuilles, dans les fourrés près de la lisière du bois. Les hommes se taisaient. De grosses gouttes argentées tombaient toujours des arbres labourés par le vent, scintillantes comme des diamants. Le procureur jeta son brissago et l’écrasa d’un air gêné. Henzi n’osait pas regarder.

— Un officier de police ne détourne jamais les yeux, Henzi, dit Matthias.

Les hommes commencèrent à installer leurs appareils.

— Ça va être dur de trouver des traces, après une telle saucée, dit Matthias.

Ils s’aperçurent soudain que les deux enfants les avaient suivis, et qu’ils regardaient aussi, la petite toujours avec sa poupée sous le bras, le petit brandissant sa cravache.

— Éloignez les gosses.

Un policier les prit par la main et les ramena vers la route. Les deux enfants restèrent là, immobiles.

Les premiers habitants arrivèrent du village, le taulier du Cerf reconnaissable de loin à son tablier blanc.

— Bouclez le périmètre, ordonna le commissaire.

Des agents commencèrent à planter les piquets. D'autres inspectaient les environs directs. Et les premiers flashs crépitèrent.

— Vous connaissez la fille, Riesen ?

— Non, monsieur le commissaire.

— Vous l'avez déjà vue au village ?

— Je crois, monsieur le commissaire.

— Elle a été photographiée ?

— On prend encore deux vues de dessus.

Matthias attendit.

— Des traces ?

— Rien. Tout s'est brouillé dans la gadoue.

— Vous avez vérifié les boutons ? Des empreintes ?

— Sans espoir, après ce déluge.

Ils avaient fini. Matthias se pencha avec précaution.

— Rasoir, constata-t-il avant de ramasser les morceaux de pain et de les remettre soigneusement dans la corbeille.

— Des bretzels.

On annonça qu'un homme du village voulait leur parler. Matthias se redressa. Le procureur se tourna vers la lisière du bois. Un homme aux cheveux blancs se tenait face à eux, parapluie pendu au bras. Henzi s'appuya à un hêtre. Il était pâle. Le colporteur restait assis sur son panier et protestait sans cesse, à voix basse :

— Chuis passé là par hasard, c'est par hasard que chuis passé là !

— Faites-le venir.

L'homme aux cheveux blancs se fraya un passage dans le taillis, se figea.

— Mon Dieu, souffla-t-il simplement. Mon Dieu.

— Je peux vous demander votre nom ? fit Matthias.

— Je suis Lugginbühl, l'instituteur, répondit l'homme dans un murmure, et il détourna les yeux.

— Vous connaissez cette fille ?

— C'est la Gretl, la petite des Moser.

— Où habitent les parents ?

— Au Creux de la mousse.

— Loin du village ?

Un quart d'heure.

Matthias regarda encore. Personne d'autre n'osait. Personne ne parlait.

— Comment c'est arrivé ? demanda l'instituteur.

— Crime sexuel, répondit Matthias. Est-ce que l'enfant fréquentait votre école ?

— Oui, mais dans la classe de mademoiselle Krumm. En troisième année.

— Les Moser ont-ils d'autres enfants ?

— Gretl était la seule.

— Quelqu'un doit l'annoncer aux parents.

Les hommes se taisaient toujours.

— Vous, monsieur l'instituteur ? demanda Matthias.

Lugginbühl mit longtemps à répondre.

— Croyez pas que je suis lâche, finit-il par dire, hésitant, mais je ne veux pas. Je ne peux pas, ajouta-t-il doucement.

Je comprends, dit Matthias. Monsieur le pasteur ?

— En ville.

— Bien, répondit calmement Matthias. Vous pouvez y aller, monsieur Lugginbühl.

L'instituteur repartit vers la route, où les habitants de Mègre étaient de plus en plus nombreux à se rassembler.

Matthias jeta un regard à Henzi, toujours appuyé contre son hêtre.

— Pas moi, commissaire, murmura Henzi. S'il vous plaît.

Le procureur aussi fit non de la tête. Matthias regarda encore entre les buissons, puis ses yeux glissèrent vers la petite robe rouge, toute déchirée, gorgée de sang et de pluie.

— Dans ce cas, c'est moi qui irai, dit-il en ramassant la corbeille à bretzels.

6

“LE Creux de la mousse était situé dans un petit vallon marécageux non loin de Mègre. Matthias avait laissé sa voiture de fonction au village, il était à pied. Il voulait se donner du temps. On apercevait la maison de loin. Il s’arrêta et se retourna ; il avait entendu des pas. Le garçon et la petite fille avaient réapparu, le rouge aux joues. Ils avaient dû prendre des raccourcis, impossible d’expliquer leur présence autrement.

Matthias se remit en marche. La maison était basse, des murs blancs striés de poutres sombres, surplombés par un toit de bardeaux. Derrière elle, un verger, et de la terre retournée dans le jardin. Un homme coupait du bois devant la maison. Il leva les yeux et toisa le commissaire qui s’approchait.

— Qu’est-ce que vous voulez ? dit l’homme.

Matthias hésita, désemparé. Il finit par se présenter et demanda, cherchant encore à temporiser :

— Monsieur Moser ?

— C’est moi, vous voulez quoi ? répéta l’homme.

Il s'approcha de Matthias et resta campé devant lui, la hache à la main. Il avait dans les quarante ans. Sec, le visage ridé. Ses yeux gris scrutaient le commissaire. Une femme apparut dans l'embrasure de la porte, elle portait aussi une robe rouge. Matthias réfléchit à ce qu'il allait dire. Il y réfléchissait depuis un bon moment, mais il ne savait toujours pas. Moser l'aida. Il avait remarqué la corbeille à son bras.

— Y a quelque chose qu'est arrivé à Gretl ? demanda-t-il en recommençant à scruter Matthias.

— Vous l'avez envoyée quelque part, votre Gretl ? demanda le commissaire.

— Chez sa grand-mère, à Fehren, répondit le paysan.

Matthias réfléchit ; c'était le village d'à côté.

— Gretl prenait souvent ce chemin ? demanda-t-il.

— Tous les mercredis et samedis après-midi, dit le paysan, puis il demanda, pris d'une peur soudaine et aiguë : pourquoi vous me demandez ça ? Pourquoi vous ramenez cette corbeille ?

Matthias posa la corbeille sur la souche que travaillait Moser.

— Gretl a été retrouvée morte dans les bois près de Mègre, dit-il.

Moser ne bougea pas. La femme non plus. Elle restait sur le seuil, dans sa robe rouge. Matthias vit soudain la sueur dégouliner sur la face blême de l'homme, en torrents. Il aurait aimé détourner les yeux, mais il était envoûté par ce visage, par cette sueur, et ils restèrent là, à se regarder.

— Gretl a été assassinée.

Matthias s'entendit prononcer cette phrase d'une voix qui lui sembla dénuée de pitié, et il s'en voulut.

— Comment c'est possible, murmura Moser, c'est quand même pas possible qu'y ait des démons pareils.

Et son poing se mit à trembler sur la hache.

— Ces démons existent, monsieur Moser, dit Matthias.

L'homme le fixa.

— Je veux voir ma fille, dit-il d'une voix presque inaudible.

Le commissaire hocha la tête.

— Il vaut mieux pas, monsieur Moser. Je sais que c'est cruel, mais il vaut mieux que vous n'alliez pas voir votre Gretl.

Moser s'approcha tout près du commissaire, si près que les deux hommes se regardaient yeux dans les yeux.

— Pourquoi vaut mieux pas ? hurla-t-il.

Le commissaire ne dit rien.

Moser continua à balancer la hache pendant quelques instants, comme s'il allait frapper, mais il finit par se retourner pour rejoindre la femme, qui était restée sur le seuil. Elle ne bougeait toujours pas, ne disait rien. Matthias attendait. Il voyait tout, et il sut tout à coup qu'il n'oublierait jamais cette scène. Moser serra sa femme dans ses bras. Des sanglots muets le secouèrent soudain. Il enfouit son visage dans l'épaule de la femme, tandis qu'elle regardait toujours dans le vague.

— Demain soir, vous pourrez voir votre Gretl, promit le commissaire, démuni. Elle aura l'air de dormir.

C'est alors que la femme prit la parole.

— Qui est l'assassin ? dit-elle d'une voix si calme et impersonnelle que Matthias sursauta.

— Je le trouverai, madame Moser.

La femme le dévisageait maintenant, d'un air menaçant, imposant.

— Vous le promettez ?

— Je le promets, madame Moser, dit le commissaire, brusquement saisi par l'envie de quitter les lieux sur-le-champ.

— Sur le salut de votre âme ?

Le commissaire hésita.

— Sur le salut de mon âme, finit-il par répondre.

Que dire d'autre ?

— Alors allez-y, partez, ordonna la femme. Vous avez juré sur votre âme.

Matthias voulut encore dire quelque chose de réconfortant. Il ne trouva rien.

— Je suis désolé, dit-il doucement, et il tourna les talons.

Il reprit lentement le chemin par lequel il était venu. Mègre s'étendait face à lui. Plus loin, la forêt. Et pardessus, un ciel lavé de ses nuages. Il aperçut encore les deux enfants accroupis au bord de la route ; il les dépassa lentement et ils le suivirent en trottinant. Soudain, derrière lui, il entendit un cri résonner depuis la maison, un cri de bête. Il pressa le pas, sans savoir si c'était l'homme ou la femme qui sanglotait ainsi.

7

“De retour à Mègre, les difficultés ont commencé pour Matthias. Le gros véhicule de police secours s’était garé dans le village et attendait le commissaire. Le lieu du crime et ses environs directs avaient été passés au peigne fin, ils étaient maintenant interdits au public. Trois policiers en civil s’étaient cachés dans la forêt, avec l’ordre d’observer les passants. On espérait ainsi retrouver la trace du meurtrier. Il fallait ramener le reste de l’équipe en ville. Plus un nuage dans le ciel, mais la pluie n’avait pas allégé l’atmosphère. Le foehn pesait toujours sur les hameaux et les bois, soufflant en grandes bourrasques tièdes. Cette lourde chaleur surnaturelle rendait les gens agressifs, irritables et impatients. Il faisait encore jour mais les lampadaires étaient déjà allumés. Les paysans se pressaient au village. Ils avaient repéré von Gunten. Ils le tenaient pour l’assassin ; les colporteurs sont toujours suspects. Le croyant déjà arrêté, ils avaient encerclé le véhicule de police secours. À l’intérieur, le colporteur ne bougeait pas. Il restait là, tremblant, entre les policiers assis bien droits.

Les habitants de Mègre s'avançaient toujours plus près des véhicules, collaient leur visage aux vitres. Les policiers ne savaient pas quoi faire. Le procureur était dans la voiture de service garée derrière police secours ; coincé comme les autres. Il y avait aussi la voiture du médecin légiste, venu de Zurich, et l'ambulance qui transportait le petit corps, une voiture blanche avec une croix rouge. Les hommes ne bougeaient pas, gardaient leur air menaçant, ne parlaient pas ; les femmes restaient sur le pas de leur porte. Mutiques elles aussi. Les enfants s'étaient perchés sur la grille de la fontaine du village. Une colère sourde et vague ameutait les paysans. Ils voulaient la vengeance, la justice. Matthias tenta de se frayer un chemin vers le véhicule de police secours ; en vain. Le plus raisonnable était d'aller chercher le maire. Il demanda où il était. Personne ne répondit. On n'entendit que des menaces chuchotées. Le commissaire réfléchit un instant et entra dans l'auberge. Il ne s'était pas trompé, le maire était bien au Cerf. C'était un homme petit et trapu, d'apparence malsaine. Il enchaînait les verres de Veltliner en guettant à travers les carreaux étroits.

— Que voulez-vous que je fasse, commissaire ? Avec ces têtes de lard. Pour eux, la police suffit pas. Ils croient qu'ils doivent faire justice eux-mêmes.

Et il soupira, les larmes aux yeux :

— C'était une bonne petite, la Gretl. On l'aimait.

— Le colporteur est innocent, dit Matthias.

— Pourquoi vous l'avez arrêté, alors ?

— Il n'est pas arrêté. Nous avons besoin de lui, comme témoin.

Le maire toisa Matthias d'un œil noir.

— Vous cherchez seulement une excuse, dit-il. On sait très bien ce qu'on doit penser.

— En tant que maire, vous devez surtout faire en sorte que nous puissions quitter le village.

L'autre vida son quart de rouge sans rien dire.

— Alors ? demanda Matthias, maussade.

Le maire n'en démordait pas.

— On va lui faire sa fête, grogna-t-il.

Le commissaire parla sans détour.

— Dans ce cas, il va d'abord falloir lutter, monsieur le maire de Mègre.

— Vous allez lutter pour un violeur d'enfant ?

— Qu'il soit coupable ou non, il faut rétablir l'ordre.

Le maire était furieux ; il se mit à faire les cent pas dans la petite salle. La serveuse avait déserté le comptoir, et il se servit lui-même. Il but son verre si vite que de grosses traînées sombres coulèrent sur sa chemise. Dehors, la foule gardait encore son calme. Mais quand le conducteur tenta de faire avancer la voiture de police, les rangs se resserrèrent.

Le procureur les rejoignit dans la salle de l'auberge, tout débraillé. Il avait eu du mal à se faufiler parmi les habitants. Le maire sursauta. L'apparition d'un homme de loi le mettait mal à l'aise ; ce métier avait quelque chose de louche pour l'individu normal qu'il était.

— Monsieur le maire, dit le procureur, je crains que les habitants de votre commune soient sur le point de se livrer à un lynchage. Je vais être obligé d'appeler du renfort. En espérant que ça vous ramènera à la raison.

— Essayons encore de leur parler, proposa Matthias.

Le procureur tapota la poitrine du maire en grondant :

— Si vous ne faites pas en sorte qu'ils nous écoutent sur-le-champ, vous allez voir ce que vous allez voir.

Dehors, les cloches de l'église se mirent à sonner. La foule des habitants de Mègre grossissait de tous côtés. Même les pompiers s'en mêlaient, prenant position face à la police. Les premières insultes tombèrent. Perçantes, isolées.

— Sales flics ! Mort aux vaches !

Les policiers se préparèrent. Ils s'attendaient à une attaque de la foule, de plus en plus agitée, mais ils étaient aussi désemparés que les gens de Mègre. Habituellement, leur activité se partageait entre le maintien de l'ordre et des actions individuelles ; ils se trouvaient face à une situation inédite. Mais les paysans se renfrognèrent à nouveau, redevinrent plus calmes. Le procureur venait de sortir du Cerf avec le maire et Matthias, il se tenait en haut de l'escalier de pierre bordé d'une rampe en métal qui menait à la porte de l'auberge.

— Villageois, annonça le maire, je vous demande d'écouter ce que monsieur le procureur Burkhard veut vous dire.

Pas de réaction dans la foule. Les paysans et les ouvriers restaient immobiles, comme au début, muets et menaçants sous le ciel baigné par les premières lueurs du crépuscule ; les lampadaires tanguaient au-dessus de la place comme des lunes blafardes. Les habitants de Mègre étaient décidés à mettre la main sur l'homme qu'ils tenaient pour l'assassin. Les véhicules de la police ressemblaient à de grosses bêtes sombres perdues dans ce déferlement humain. Elles tentaient de s'en libérer, encore et encore, et leurs moteurs lançaient des hurlements vite étranglés. C'était sans issue. Tout était empli d'un profond désarroi après les événements du jour, les noirs pignons du village, la place, le rassemblement des habitants, comme si le meurtre avait empoisonné le monde.

— Messieurs, commença le procureur, à voix basse et d'un ton hésitant, mais chaque mot se détachait nettement ; gens de Mègre, nous sommes ébranlés par ce crime odieux. Gretl Moser a été assassinée. Nous ignorons qui a commis ce crime...

Le procureur dut interrompre son discours.

— Sortez-le !

Les hommes brandissaient le poing, des sifflets retentirent.

Matthias ne pouvait détacher les yeux de la foule.

— Téléphonez, Matthias, ordonna le procureur. Faites venir du renfort, magnez-vous.

— C'est von Gunten qui l'a tuée ! gueula un paysan, un homme grand et maigre, au visage tanné, pas rasé depuis des jours.

— J'l'ai vu, moi, y avait personne d'autre dans le vallon !

C'était le paysan qui travaillait au champ ce jour-là.

Matthias s'avança.

— Messieurs, lança-t-il, je suis le commissaire Matthias. Nous sommes prêts à vous livrer le colporteur !

L'étonnement fut si grand qu'un silence de mort s'abattit sur la place.

— Vous avez perdu la tête ? feula le procureur.

— Dans notre pays, voilà des siècles que les criminels sont condamnés par les tribunaux s'ils sont coupables, et libérés s'ils sont innocents, poursuivit Matthias. Vous avez décidé de constituer vous-mêmes ce tribunal. Nous ne chercherons pas à savoir si vous en avez le droit, puisque ce droit, vous vous l'êtes octroyé.

Matthias parlait d'une voix claire et précise. Les paysans et les ouvriers l'écoutaient attentivement. Chaque mot comptait. Et comme Matthias les prenait au sérieux, ils le considéraient aussi.

— Mais ce que j'exige de n'importe quel autre tribunal, continua Matthias, je dois aussi l'exiger de vous : la justice. Car il est évident que nous ne pourrons vous livrer le colporteur que si nous sommes convaincus que vous voulez la justice.

— On la veut ! cria quelqu'un.

— Si votre tribunal entend être un tribunal juste, il doit remplir une condition. Cette condition, c'est que l'injustice doit être évitée. Vous devez, vous aussi, vous soumettre à cette condition.

— D'accord ! brailla un contremaître de la tuilerie.

— C'est pourquoi vous devez déterminer si von Gunten, en étant condamné pour ce crime, tombe sous le coup de la justice ou de l'injustice. D'où vient votre soupçon ?

— Ce saligaud a déjà été en cabane, cria un paysan.

— Voilà qui renforce le soupçon selon lequel von Gunten pourrait être l'assassin, dit Matthias, mais ce n'est pas encore la preuve qu'il l'est vraiment.

— Je l'ai vu dans le vallon, insista le paysan au visage tanné et hirsute.

— Venez à côté de moi, lui intima le commissaire.

Le paysan hésitait.

— Vas-y, Heiri, gueula un autre, sois pas un pleutre.

Le paysan rejoignit Matthias. Peu sûr de lui. Le maire et le procureur avaient reculé dans l'entrée du Cerf, Matthias et le paysan étaient seuls sur le perron.

— Qu'est-c'vous me voulez ? demanda le paysan. Je suis Benz. Heiri Benz.

Les habitants regardaient avidement les deux hommes.

Les policiers avaient rattaché leurs matraques. Eux aussi observaient la scène en retenant leur souffle. Les jeunes du village étaient montés sur l'échelle du camion de pompiers, qu'ils avaient dépliée à mi-hauteur.

— Vous avez vu le colporteur von Gunten dans le vallon, monsieur Benz, commença le commissaire. Était-il seul dans le vallon ?

— Seul.

— Quel est votre métier, monsieur Benz ?

— Je cultive des patates avec ma fille.

— Depuis quand étiez-vous dans le champ ?

— Depuis dix heures. J'ai aussi déjeuné dans le champ avec la famille, dit le paysan.

— Et vous n'avez remarqué personne hormis le colporteur ?

— Personne, je peux le jurer, assura le paysan.

— Dis pas n'importe quoi, Benz ! cria un ouvrier. Je suis passé près de ton carré de patates à deux heures !

Deux autres ouvriers renchérirent. Ils avaient aussi traversé le vallon à deux heures, sur leur vélo.

— Et moi, je suis entré dans le vallon avec la charrette, espèce d'abruti, gueula un paysan. Mais t'es toujours là à bosser comme un damné, vieux radin, et ta famille trime tellement qu'ils sont tous devenus bossus. Même si des centaines de femmes à poil te passaient devant, tu lèverais pas les yeux de ta bêche.

Des rires fusèrent.

— On peut donc en conclure que le colporteur n'était pas seul dans le vallon, constata Matthias. Mais continuons à chercher. Parallèlement à la forêt, il y a une route qui mène à la ville. Est-ce que quelqu'un a pris ce chemin ?

— Gärber, cria un homme. L'Fritz.

— Moi je l'ai pris, avoua un paysan massif qui était assis sur la lance à incendie. 'vec la charrette.

— Quand ?

— À deux heures.

— Il y a un chemin forestier qui commence à cet endroit et mène au lieu du crime, constata le commissaire. Avez-vous remarqué quelqu'un, monsieur Gärber ?

— Nan, grogna le paysan.

— Ou peut-être une voiture garée là ?

Le paysan hésita.

— Ch'crois, dit-il sans conviction.

— Vous en êtes sûr ?

— Y avait queq'chose.

— Un coupé Mercedes rouge, peut-être ?

— Possible.

— Ou une Volkswagen grise ?

— P'têt ben.

— Vos réponses manquent de précision, dit Matthias.

— J'roupillais à moitié, moi, sur c'te charrette, avoua le paysan. Et chuis pas le seul, par cette chaleur.

— Eh bien, je profite de cette occasion pour vous rappeler qu'on n'est pas censé dormir sur une route publique, le tança Matthias.

— Les chevaux ouv' l'œil, dit le paysan.

Tout le monde ricana.

— Vous commencez à prendre la mesure des difficultés auxquelles votre tribunal devra faire face, avança Matthias. Le criminel n'était pas seul quand il a agi. Il se trouvait à seulement cinquante mètres de la famille qui travaillait dans le champ. Si elle avait été attentive, ce malheur ne serait pas arrivé. Mais elle est restée insouciante, parce qu'elle n'escomptait pas le moins du monde la possibilité d'un tel crime. Elle n'a pas vu venir la petite fille, pas plus qu'elle n'a vu les autres emprunter ce chemin. Elle a remarqué le colporteur, c'est tout. Quant à Gärber, il somnolait lui aussi sur sa charrette, et maintenant, il est incapable d'émettre la moindre déclaration précise, or la précision est requise dans cette affaire. Voilà où nous en sommes. Est-ce suffisant pour confondre le colporteur ? Posez-vous cette question. Après tout, le fait qu'il ait alerté la police joue en sa faveur. J'ignore comment vous comptez agir en tant que juges, mais je vais vous dire comment nous, à la police, avons l'intention d'agir.

Le commissaire marqua une pause. Il était de nouveau seul face aux habitants. Benz était retourné dans la foule, embarrassé.

— Chaque suspect, peu importe sa position, sera contrôlé avec la plus grande précision possible, toutes les pistes imaginables seront suivies ; mais ce n'est pas tout, les polices d'autres pays seront sollicitées, dans la mesure où leur concours s'avérera nécessaire. Comme vous le voyez, votre tribunal a peu de moyens, tandis que le nôtre dispose d'un immense dispositif afin d'établir la vérité. Maintenant, à vous de décider ce qui doit se passer.

Silence. Les gens de Mègre réfléchissaient.

— Vous allez vraiment nous livrer le colporteur ? demanda le contremaître.

— Vous avez ma parole, dit Matthias. Si vous insistez pour qu'on vous le livre.

Ils n'arrivaient pas à se décider. Les mots du commissaire avaient fait leur impression. Le procureur était nerveux. La situation ne lui disait rien qui vaille. Mais il finit par se détendre.

— Emmenez-le, venait de crier un paysan.

Les villageois s'écartèrent en silence. Le procureur s'alluma un brissago, soulagé.

— Vous avez eu du culot, Matthias. Imaginez que vous ayez dû tenir votre parole ?

— Je savais que ce ne serait pas le cas, répondit le commissaire avec nonchalance.

— Espérons que vous n'aurez jamais à faire une promesse que vous devrez tenir, dit le procureur en craquant une deuxième allumette, le brissago prenait mal.

Il salua le maire et se dirigea vers la voiture. Le champ était libre.

8

“MATTHIAS n’est pas reparti avec le procureur. Il est monté dans l’autre voiture, et les agents lui ont fait de la place à côté du colporteur. La chaleur devenait étouffante à l’intérieur du gros véhicule, mais on n’osait toujours pas baisser les vitres. Les villageois avaient beau s’être écartés, les paysans occupaient toujours la place. Von Gunten restait tassé derrière le conducteur, et Matthias se glissa près de lui.

— Je suis innocent, assura von Gunten à voix basse.

— Bien sûr, dit Matthias.

— Personne me croit, murmura von Gunten, même les agents veulent pas me croire.

Le commissaire secoua la tête.

— Vous vous faites des idées.

Mais le colporteur ne se calmait pas.

— Vous non plus, monsieur le commissaire, vous me croyez pas.

Le véhicule démarra. Les policiers restaient muets. Dehors, la nuit était tombée. Les taches cuivrées des lampadaires glissaient sur les visages impassibles. Matthias sentait la méfiance que chacun avait pour le colporteur, les soupçons qui s'amplifiaient. Il lui faisait de la peine.

— Je vous crois, von Gunten, dit-il en se rendant compte que lui non plus n'était pas tout à fait convaincu. Je sais que vous êtes innocent.

Les premiers immeubles apparurent.

— On va devoir vous présenter au commandant, von Gunten, dit le commissaire, vous êtes notre témoin numéro un.

— Je comprends, marmonna le colporteur.

Puis il murmura encore :

— Vous me croyez pas non plus.

— Vous vous trompez.

Le colporteur ne voulait rien entendre.

— Je le sais, souffla-t-il simplement, les yeux rivés aux néons rouges et verts qui jetaient dans le véhicule à l'allure tranquille leurs lueurs de nébuleuses.

9

“Ce sont les événements tels qu’ils m’ont été rapportés rue de la Caserne, après mon retour de Berne par l’express de sept heures et demie. C’était le troisième infanticide de ce type. Deux ans avant, une petite fille avait été tuée dans le canton de Schwytz, et une autre cinq ans plus tôt dans le canton de Saint-Gall, avec un rasoir à main. L’assassin n’avait pas laissé de traces. J’ai fait venir le colporteur. Un homme de quarante-huit ans, petit, malsain, bedonnant, sans doute la langue bien pendue en temps normal, plutôt anxieux en l’occurrence. Ses indications semblaient claires. Il s’était étendu à la lisière du bois après avoir enlevé ses chaussures et posé son panier dans l’herbe. Il avait pour intention de se rendre à Mègre et d’y écouler ses marchandises, brosses, bretelles, lames de rasoir, lacets, etc., mais le facteur lui avait dit en chemin que Wegmüller était en congé et que c’était Riesen qui le remplaçait. Cette nouvelle l’avait fait hésiter, et il s’était jeté dans l’herbe ; nos jeunes policiers étaient le plus souvent sujets à des accès de zèle, il connaissait ces messieurs. Il avait préféré somnoler.

Le petit vallon à l'ombre des bois, traversé par une route. Un peu plus loin, une famille de paysans travaillant dans le champ, avec un chien qui leur tournait autour. Le déjeuner à Fehren, à L'Ours, avait été copieux, assiette bernoise et vin de Douanne ; il aimait que sa table soit bien garnie, et d'ailleurs il avait les moyens, car il avait beau traîner ses guêtres dans le pays, avec sa face hirsute, ses ongles noirs et ses loques, l'habit ne faisait pas le moine, il était de ces colporteurs qui gagnaient bien et avaient leur petit matelas. Il avait complété son gueuleton par plusieurs chopes de bière, et, une fois allongé dans l'herbe, deux tablettes de chocolat Lindt. La tempête qui s'annonçait, les bourrasques avaient achevé de l'assoupir. Mais un peu plus tard, il croyait se souvenir qu'un cri l'avait réveillé, le cri perçant d'une petite fille, et au moment où il s'était redressé, moitié endormi, pour scruter le vallon, il avait eu l'impression que la famille de paysans, intriguée, dressait elle aussi l'oreille dans le champ ; puis ils s'étaient repenchés sur leurs patates, le chien toujours aux basques. Sûrement un oiseau, s'était-il dit dans un éclair de conscience, peut-être une chouette, va savoir. Mais cette explication l'avait rassuré. Il s'était remis à somnoler, mais ensuite le silence de mort qui s'était abattu sur la nature l'avait alerté, et il avait tout à coup remarqué que le ciel s'assombrissait. Il avait enfilé ses chaussures, le panier au cou, mécontent et soupçonneux, car le cri de cet oiseau mystérieux lui était revenu à l'esprit. Et il avait décidé de ne pas aller chatouiller Riesen, de laisser Mègre en paix. De toute façon, ce bled n'avait jamais rien rapporté. Alors, préférant rentrer en ville, il avait pris par le chemin forestier, un raccourci vers la petite gare, et c'est là qu'il était tombé sur le cadavre de la fille assassinée. Il avait couru à Mègre, au Cerf, d'où il avait informé Matthias ; il n'avait rien dit aux paysans, de peur qu'on le soupçonne.

Voilà pour sa déposition. Je l'ai fait sortir, mais pas libérer. Ce n'était peut-être pas très réglo, car le procureur n'avait pas ordonné la détention provisoire, mais on n'avait pas le temps de verser dans le sentiment. Son récit me semblait certes conforme à la réalité, mais il devait encore être corroboré, et il ne fallait pas oublier que von Gunten avait des antécédents. J'étais de mauvais poil. L'affaire ne me disait rien de bon ; c'était comme si tout s'était mal emmanché, sauf que j'ignorais comment ; je le sentais, voilà tout. Je me suis retiré dans ma "boutique", c'est comme ça que j'appelais la petite pièce enfumée qui jouxtait mon bureau officiel. J'ai fait venir une bouteille de Châteauneuf-du-Pape d'un restaurant près du pont de la Sihl, j'ai bu quelques verres. Un désordre effroyable régnait toujours dans cette pièce, je ne vous le cache pas ; les livres et les dossiers étaient entassés pêle-mêle, mais c'était par principe, car je suis d'avis que tout un chacun se doit d'ériger, au sein de cet État bien ordonné, de petits îlots de capharnaüm, ne serait-ce qu'en secret. Ensuite, j'ai demandé qu'on m'apporte les photos. Elles étaient abominables. Je me suis penché sur la carte. Le lieu du crime n'aurait pas pu être choisi avec plus de perversité. Il était théoriquement impossible de dire si l'assassin était venu de Mègre, des villages voisins ou de la ville, s'il s'était déplacé à pied ou en train. Tout était ouvert.

Matthias est entré, et je lui ai dit :

— Je suis désolé que vous ayez été mêlé à une si triste affaire pour votre dernier jour chez nous.

— C'est le métier, commandant.

— Quand je vois les photos de ce meurtre, je voudrais l'envoyer au diable, le métier, répondis-je en glissant les clichés dans l'enveloppe.

Je bouillonnais, j'avais du mal à me maîtriser. Matthias était mon meilleur commissaire – vous voyez que je m'en tiens à cette appellation, elle n'est certes pas correcte, mais elle est plus sympathique –; à cet instant, son départ m'était franchement insupportable.

Il sembla lire dans mes pensées.

— Je pense que vous devriez confier l'affaire à Henzi, dit-il.

J'hésitais. J'aurais accepté cette proposition sur-le-champ s'il ne s'était pas agi d'un crime sexuel. Avec n'importe quel autre crime, nous sommes moins ennuyés. Nous n'avons qu'à réfléchir aux motifs : difficultés financières, jalousie, et déjà le cercle se resserre autour des suspects. Mais dans le cas d'un meurtre à caractère sexuel, cette méthode n'a pas de sens. Il suffit qu'un type en voyage d'affaires aperçoive une gamine ou un gamin et qu'il descende de sa voiture – pas de témoins, pas de constatations, et le soir, le revoilà chez lui, à Lausanne ou à Bâle, Dieu sait où, et nous, on reste là, sans un indice. Ce n'est pas que je sous-estimais Henzi, c'était un agent zélé, mais je trouvais qu'il manquait d'expérience.

Matthias ne partageait pas mes doutes.

— Voilà trois ans qu'il travaille sous mes ordres, dit-il, je lui ai appris les ficelles, il n'y a pas meilleur successeur. Il s'acquittera de sa tâche exactement comme je l'aurais fait. Et en plus, je serai encore avec lui demain, ajouta-t-il.

Je fis venir Henzi et lui ordonnai de constituer, avec l'agent Troller, le cœur de l'unité d'investigation. Il était content; c'était son premier "cas autonome".

— C'est Matthias qu'il faut remercier, grognai-je, avant de lui demander comment était l'ambiance au sein de l'équipe.

Ça ramait, nous n'avions ni points de repère ni résultats, et il était primordial que l'équipe ne sente pas notre incertitude.

— Elle est convaincue que nous tenons déjà le meurtrier, remarqua Henzi.

— Le colporteur?

— On ne peut pas tout à fait écarter ce soupçon. Après tout, von Gunten a déjà commis un attentat à la pudeur.

— Sur une gamine de quatorze ans, objecta Matthias. C'est autre chose.

— On devrait le soumettre à un contre-interrogatoire bien appuyé, proposa Henzi.

— Ça peut attendre, décidai-je. Je ne crois pas que ce bonhomme soit lié au meurtre. C'est simplement qu'il est antipathique, ça suffit pour éveiller les soupçons. Mais c'est un argument subjectif, messieurs, pas un argument criminologique, et nous ne pouvons y céder sans y regarder de plus près.

Sur ces belles paroles, j'ai congédié mes hommes, mais ça n'a pas suffi à dissiper ma mauvaise humeur.

10

"Tous les agents disponibles ont été réquisitionnés. La nuit même et le lendemain, ils ont fait le tour des garages pour demander si des traces de sang avaient été constatées dans une voiture; plus tard, ils ont aussi fait la tournée des laveries. On a ensuite vérifié l'alibi de toutes les personnes qui s'étaient déjà frottées à certains paragraphes de la loi. À Mègre, nos agents ont battu la forêt où le meurtre avait été commis avec des chiens, allant jusqu'à utiliser un appareil de déminage. Ils ont défriché les taillis à la recherche de traces, espérant surtout retrouver l'arme du crime. Chaque mètre carré a été scruté à la loupe, ils sont descendus dans la ravine, ils ont sondé le ruisseau. On a rassemblé les objets trouvés, on a fouillé les bois de fond en comble jusqu'à Fehren.

Je participais moi-même aux recherches menées à Mègre. Ça ne me ressemblait pas. Matthias aussi avait l'air préoccupé. C'était une belle journée de printemps, légère, sans foehn, mais notre humeur restait plombée. Henzi a interrogé les paysans et les ouvriers au Cerf, et nous avons décidé d'aller voir l'école, en prenant un raccourci qui passait en plein milieu d'un pré semé d'arbres fruitiers. Certains étaient déjà couverts de fleurs. Un chant résonnait depuis le grand bâtiment: "Prends ma main et guide-moi." Le terrain de gymnastique devant l'école était désert. J'ai toqué à la porte de la classe d'où s'élevait le choral, et nous sommes entrés.

C'était un groupe de filles et de garçons qui chantait. Des enfants de six à huit ans. Les trois premières classes. L'institutrice qui les dirigeait a baissé les bras et nous a regardés d'un air méfiant. Les enfants se sont tus.

— Mademoiselle Krumm?

— Oui?

— L'institutrice de Gretl Moser?

— Que désirez-vous?

Mlle Krumm devait avoir dans les quarante ans; elle était maigre et avait de grands yeux pleins d'amertume.

Après m'être présenté, je me suis tourné vers la classe.

— Bonjour, les enfants!

Ils me dévisageaient avec curiosité.

— Bonjour!

— C'est une belle chanson que vous avez chantée là.

— On répète le choral pour l'enterrement de Gretl, dit l'institutrice.

Ils avaient construit l'île de Robinson dans le bac à sable, et des dessins d'enfants étaient accrochés au mur.

— Elle était comment, la petite Gretl? demandai-je avec hésitation.

— Tout le monde l'aimait, dit l'institutrice.

— Elle avait de l'intelligence?

— C'était une enfant très imaginative.

Nouvelle hésitation.

— J'aimerais poser quelques questions aux enfants.

— Allez-y.

Je m'avançai face à la classe. La plupart des filles portaient encore des tresses et des tabliers colorés.

— Vous avez certainement entendu parler de ce qui est arrivé à Gretl Moser. Je suis de la police, le commandant, c'est un peu comme le chef chez les soldats, et j'ai pour mission de retrouver l'homme qui a tué Gretl. Je ne vais pas vous parler comme à des enfants, mais comme à des adultes. L'homme que nous cherchons est malade. Tous les hommes qui font une chose pareille sont malades. Et comme ils sont malades, ils essaient d'attirer les enfants dans une cachette pour leur faire du mal, dans un bois ou dans une cave, ou dans un autre endroit où personne ne les voit, et ça arrive très souvent; nous avons plus de deux cents cas par an dans le canton. Et parfois, il arrive justement que certains hommes fassent tellement de mal à l'enfant que cet enfant meurt, comme c'est arrivé à Gretl. C'est pour ça que nous devons enfermer ces hommes. Ils sont trop dangereux pour pouvoir vivre en liberté. Vous allez me demander pourquoi on ne les enferme pas avant, avant qu'arrive un malheur comme celui de Gretl? C'est parce qu'il n'y a aucun moyen d'identifier ces hommes malades. Parce qu'ils sont malades à l'intérieur, pas à l'extérieur.

Les enfants écoutaient en retenant leur souffle. J'ai poursuivi:

— Vous devez m'aider. Nous devons retrouver l'homme qui a tué Gretl Moser, sinon il tuera une autre petite fille.

Je m'étais avancé au milieu des enfants.

— Est-ce que Gretl a dit qu'un étranger lui avait adressé la parole ?

Silence parmi les enfants.

— Avez-vous remarqué quelque chose de particulier chez Gretl depuis quelque temps ?

Pas de réponse.

— Est-ce que la Gretl a récemment eu un objet qu'elle n'avait pas avant ?

Toujours rien.

— Laquelle d'entre vous était la meilleure amie de Gretl ?

— Moi, murmura une petite fille.

C'était une petite brindille aux cheveux et aux yeux bruns.

— Et comment tu t'appelles ? demandai-je.

— Ursula Fehlmann.

— Et tu étais l'amie de Gretl, Ursula.

— On était assises à côté.

La petite parlait si bas que j'étais obligé de me pencher.

— Et tu n'as rien remarqué ?

— Non.

— Gretl n'a vu personne ?

— Si, répondit la petite.

— Qui ça ?

— Pas un homme, répondit la petite.

Cette réponse me laissa perplexe.

— Que veux-tu dire, Ursula ?

— Elle a vu un géant, murmura la petite.

— Un géant ?

— Oui, dit la petite.

— Tu veux dire qu'elle a rencontré un homme très grand ?

— Nan, mon père il est très grand, mais c'est pas un géant.

— Il était grand comment, ce géant ? demandai-je.

— Comme une montagne, répondit la petite, et tout noir.

— Et est-ce que ce... géant a offert quelque chose à Gretl ?

— Oui, dit-elle.

— Quoi ?

— Des p'tits hérissons.

— Des hérissons ? Qu'est-ce que tu veux dire par là, Ursula ? demandai-je, ahuri.

— Le géant, ben, il était tout plein de p'tits hérissons, affirma la petite.

— Ne dis pas de bêtises, Ursula, rétorquai-je, un géant n'a pas de hérissons !

— Ben lui, c'était un gérisson.

La petite en resta là. Je retournai au pupitre de l'institutrice.

— Vous avez raison, mademoiselle Krumm, la Gretl devait vraiment avoir une sacrée imagination.

— C'était une enfant très poétique, répondit l'institutrice en laissant ses yeux tristes errer dans la pièce. Je dois reprendre la répétition du choral. Pour l'enterrement, demain. Les enfants ne sont pas encore au point.

Elle leur donna le ton, et ils se remirent à chanter : "Prends ma main et guide-moi."

II

"L'INTERROGATOIRE des habitants de Mègre au Cerf – où nous avions relayé Henzi – n'avait rien donné non plus, et nous sommes rentrés à Zurich en fin de journée, aussi bredouilles qu'on était venus. Et muets. J'avais trop fumé, bu trop de rouge de la région. Vous connaissez ces vins un peu traîtres. Assis à l'arrière, Matthias était tout aussi sombre, et nous étions déjà presque au Römerhof quand il s'est mis à parler.

— Je ne crois pas que le meurtrier vienne de Mègre. Ce doit être le même que dans le canton de Saint-Gall et dans le canton de Schwytz ; le meurtre s'est déroulé de la même manière. Il me semble probable que l'homme agit depuis Zurich.

— Possible, fis-je.

— C'est sans doute un automobiliste, peut-être un voyageur. Le paysan Gärber a dit qu'il avait vu une voiture garée dans la forêt.

— Je l'ai cuisiné aujourd'hui, ce Gärber, déclarai-je. Il a avoué qu'il avait dormi trop profondément pour remarquer quoi que ce soit.

Nouveau silence.

— Je suis désolé de devoir vous quitter au milieu d'un cas non élucidé, commença-t-il d'une voix un peu incertaine, mais je dois honorer mon contrat avec le gouvernement jordanien.

— C'est demain que vous avez votre avion ? demandai-je.

— À trois heures de l'après-midi, répondit-il. Escale à Athènes.

— Je vous envie, Matthias, dis-je, et je le pensais. Moi aussi, je préférerais être chef de la police chez les Arabes plutôt qu'à Zurich.

Ensuite, je l'ai déposé à l'hôtel Urban, où il vivait depuis des lustres, et je suis allé à la Kronenhalle, où j'ai dîné sous le tableau de Miró. Ma place habituelle. Je dîne toujours là, je me sers toujours au chariot.

12

“Mais quand, vers dix heures, je suis retourné rue de la Caserne, j’ai eu la surprise de tomber sur Henzi dans le couloir en passant devant l’ancien bureau de Matthias. Il avait quitté Mègre dès midi, ce qui m’a plutôt surpris, mais enfin, puisque je lui avais confié ce cas de meurtre, je comptais m’en tenir à mes principes et ne pas lui casser de sucre sur le dos. Henzi était de Berne, un ambitieux, mais apprécié au sein de l’équipe. Il avait épousé une Zurichoise de la haute avant de quitter les socialistes pour les libéraux, et il était en très bonne voie de faire carrière. Je vous dis tout ça en passant; maintenant, il est chez les indépendants.

— L’animal ne veut toujours pas avouer, me dit Henzi.

— Qui ça? demandai-je en m’arrêtant, surpris. Qui ne veut pas avouer?

— Von Gunten.

J’étais perplexe.

— Interrogatoire long?

— On y a déjà passé tout l’après-midi, dit Henzi, et on restera toute la nuit s’il le faut. Maintenant, c’est

Troller qui le travaille. Je suis sorti un instant pour prendre l'air.

— Je veux voir ça, répondis-je avec curiosité, avant d'entrer dans l'ancien bureau de Matthias.

13

“Le colporteur était tassé sur un fauteuil sans accoudoir, et Troller avait rapproché sa chaise de l’ancien bureau de Matthias, sur laquelle il s’appuyait. Il fumait une cigarette, jambes croisées, la tête dans la main. C’est Feller qui tenait le protocole. Je suis resté dans l’embrasure de la porte avec Henzi, à l’insu du colporteur qui nous tournait le dos.

— C’est pas moi qui l’ai fait, m’sieur l’agent, murmurait le colporteur.

— Mais je n’ai jamais dit ça. J’ai simplement dit que tu pourrais l’avoir fait, répondit Troller. On verra plus tard si j’ai raison ou pas. Recommençons depuis le début. Donc, tu t’étais installé bien tranquillement à la lisière de la forêt ?

— C’est ça, m’sieur l’agent.

— Et tu dormais ?

— Exact, m’sieur l’agent.

— Pourquoi ? Puisque tu comptais aller à Mègre ?

— J’étais fatigué, m’sieur l’agent.

— Dans ce cas, pourquoi as-tu posé des questions au facteur, sur le policier de Mègre ?

— Pour me renseigner, m'sieur l'agent.

— Tu voulais savoir quoi ?

— Ma licence avait expiré. Alors je voulais savoir comment c'était à Mègre, en termes de policiers.

— Et alors, comment c'était, en termes de policiers ?

— On m'a dit qu'y avait un remplaçant à Mègre. Et là, j'ai eu peur, m'sieur l'agent.

— Moi aussi, je suis remplaçant, dit sèchement le policier. Tu as aussi peur de moi ?

— Oui, m'sieur l'agent.

— Et c'est pour ça que t'as plus voulu aller au village ?

— C'est bien ça, m'sieur l'agent.

— C'est une version plutôt potable de l'histoire, apprécia Troller, mais il y a peut-être une autre version qui aurait le petit avantage d'être vraie.

— J'ai dit la vérité, m'sieur l'agent.

— Tu voulais pas plutôt que le facteur te dise si un policier était à l'horizon ?

Le colporteur regarda Troller d'un œil méfiant.

— Qu'est-ce que vous entendez par là, m'sieur l'agent ?

— Eh bien, répondit Troller avec bonhomie, tu voulais surtout que le facteur te confirme l'absence de la police dans le Val du rouge-gorge, parce que t'attendais la fille. Voilà ce que je me dis.

Le colporteur dévisagea Troller, l'air horrifié.

— Je la connaissais pas, cette fille, m'sieur l'agent, cria-t-il d'un air désespéré, et même si je la connaissais, j'aurais pas pu le faire. Vu que j'étais pas seul dans le vallon. Vu que la famille de paysans était dans le champ. Je suis pas un assassin. Vous devez me croire !

— Mais je te crois, dit Troller pour le calmer, mais tu comprends bien que je dois vérifier ton histoire. Tu as dit que tu étais allé dans la forêt après ton petit somme, et qu'ensuite tu voulais rejoindre Zurich ?

— Y a eu une tempête, expliqua le colporteur, alors j'ai voulu prendre le raccourci, m'sieur l'agent.

— Et c'est comme ça que t'es tombé sur le cadavre ?

— Oui.

— Sans le toucher ?

— C'est ça, m'sieur l'agent.

Troller se tut. Je ne voyais pas le visage du colporteur, mais sa peur était palpable. Il me faisait pitié. Pourtant, j'étais de plus en plus convaincu de sa culpabilité. Mais c'était peut-être parce que je voulais enfin trouver le coupable.

— On t'a retiré tes habits, von Gunten, et on t'en a donné d'autres. Tu devines pourquoi ? demanda Troller.

— J'sais pas, m'sieur l'agent.

— Pour faire un test à la benzidine. Tu sais ce que c'est, un test à la benzidine ?

— Non, m'sieur l'agent, répondit le colporteur, hagard.

— Un test chimique pour déceler des traces de sang, expliqua Troller avec une nonchalance sinistre. Et on a trouvé du sang sur ton tablier, von Gunten. Le sang de la petite.

— C'est parce que… parce que j'ai trébuché sur le corps, m'sieur l'agent, gémit von Gunten. C'était horrible.

Il enfouit son visage dans ses mains.

— Et tu nous l'as caché simplement parce que tu avais peur, c'est ça ?

— C'est ça, m'sieur l'agent.

— Et tu voudrais qu'on te croie encore ?

— C'est pas moi l'assassin, m'sieur l'agent, implora le colporteur d'un air désespéré, faut que vous me croyiez. Allez chercher le commissaire Matthias, il sait que je dis la vérité, lui. S'il vous plaît.

— Le commissaire Matthias n'est plus concerné par cette affaire, répondit Troller. Il part en Jordanie. Il prend l'avion demain.

— En Jordanie, souffla von Gunten. Je savais pas.

Il se tut et fixa le sol. Un silence de mort emplit la pièce, on n'entendait que les aiguilles de l'horloge, et de temps en temps une voiture qui passait dans la rue.

C'était au tour de Henzi. Il commença par fermer la fenêtre, puis s'assit derrière le bureau de Matthias, affable et engageant, mais en braquant la lampe sur le colporteur.

— Ne vous énervez pas, monsieur von Gunten, dit le lieutenant avec une grande politesse, nous n'avons aucunement l'intention de vous accabler, nous cherchons seulement à connaître la vérité. C'est pour cette raison que nous devons nous tourner vers vous. Vous êtes notre plus important témoin. Vous devez nous aider.

— Oui, m'sieur le commissaire, répondit le colporteur qui semblait reprendre du poil de la bête.

Henzi bourra sa pipe.

— Qu'est-ce que vous fumez, von Gunten ?

— Des cigarettes, m'sieur le commissaire.

— Donnez-lui une cigarette, Troller.

Le colporteur hocha la tête, les yeux toujours rivés au sol. La lumière l'aveuglait.

— La lampe vous gêne ? demanda gentiment Henzi.

— Je l'ai en plein dans les yeux.

Henzi redressa un peu l'abat-jour.

— Et comme ça, c'est mieux ?

— C'est mieux, murmura von Gunten, reconnaissant.

— Dites-nous un peu, von Gunten, qu'est-ce que vous vendez, au juste ? Des torchons ? reprit Henzi.

— Oui, entre autres.

Il y avait de l'hésitation dans sa voix. Il ne comprenait pas où Henzi voulait en venir.

— Et sinon ?

— Des lacets, m'sieur le commissaire. Des brosses à dents. Du dentifrice. Du savon. De la crème à raser.

— Des lames de rasoir ?

— Aussi, m'sieur le commissaire.

— Quelle marque ?

— Gillette.

— C'est tout, von Gunten ?

— Je crois, m'sieur le commissaire.

— Bien. Mais il me semble que vous avez oublié une ou deux choses, dit Henzi en inspectant sa pipe. Elle ne veut pas tirer, dit-il avant de reprendre, comme si de rien n'était : Allez-y, énumérez le reste de vos menus objets, von Gunten. Nous avons soigneusement inspecté votre panier.

Le colporteur se tut.

— Alors ?

— Des couteaux de cuisine, m'sieur le commissaire, murmura tristement le colporteur.

La sueur perlait sur sa nuque. Henzi s'appliquait à souffler ses nuages de fumée, tranquille et débonnaire, un sympathique jeune homme débordant de bienveillance.

— Et ensuite, von Gunten, quoi d'autre à part des couteaux de cuisine ?

— Des rasoirs à main.

— Pourquoi hésitiez-vous à nous le dire ?

Le colporteur ne répondit pas. Henzi tendit la main d'un air naturel, comme s'il voulait encore ajuster la lampe. Mais von Gunten sursauta et Henzi retira immédiatement sa main. Il continuait à fumer sa pipe sans lâcher des yeux le colporteur, qui enchaînait les cigarettes. L'air était suffocant. J'aurais préféré ouvrir la fenêtre, mais les fenêtres fermées faisaient partie de la méthode.

— La fille a été tuée avec un rasoir à main, annonça sobrement Henzi, comme s'il parlait d'autre chose.

Nouveau silence. Le colporteur restait tassé sur son fauteuil, inerte.

— Mon cher von Gunten, reprit Henzi en se laissant aller contre le dossier de sa chaise, parlons d'homme à homme. Ne nous voilons pas la face. Je sais que vous avez commis ce meurtre. Mais je sais aussi que ce meurtre vous horrifie autant que moi, autant que nous tous. Ça vous est tombé dessus sans prévenir, vous vous êtes soudain transformé en bête sauvage, vous avez attaqué et tué la fille, sans le vouloir et sans pouvoir faire autrement. C'était plus fort que vous. Et quand vous avez retrouvé vos esprits, le choc a été terrible, von Gunten. Vous avez couru à Mègre dans l'idée de vous rendre, mais vous n'aviez plus le courage. Le courage d'avouer. Il faut que vous retrouviez ce courage, von Gunten. Et nous allons vous y aider.

Henzi se tut. Le colporteur vacillait un peu sur son fauteuil. Il semblait sur le point de s'effondrer.

— Je suis votre ami, von Gunten, affirma Henzi, saisissez cette chance.

— Chuis fatigué, geignit le colporteur.

— Et nous donc, répondit Henzi. Agent Troller, apportez-nous du café, et ensuite de la bière. N'oubliez pas von Gunten, notre invité. On sait recevoir, à la police cantonale.

— Je suis innocent, commissaire, chuchota le colporteur d'une voix rauque, je suis innocent.

Le téléphone sonna ; Henzi donna son nom, écouta attentivement et raccrocha en souriant.

— Dites-moi, von Gunten, qu'avez-vous mangé hier midi ? demanda-t-il, toujours avec la même nonchalance.

— Une assiette bernoise.

— Très bien, et quoi d'autre ?

— Du fromage pour le dessert.

— De l'emmental, du gruyère ?

— Du tilsit et du gorgonzola, répondit von Gunten en essuyant la sueur qui lui coulait dans les yeux.

— On ne se refuse rien, chez les colporteurs, répondit Henzi. Et c'est tout ce que vous avez mangé ?

— C'est tout.

— À votre place, je réfléchirais bien, l'admonesta Henzi.

— Du chocolat, se souvint von Gunten.

— Eh bien, vous voyez que ce n'était pas tout, acquiesça Henzi d'un air jovial. Et vous l'avez mangé où, ce chocolat ?

— Près de la forêt, dit le colporteur en lançant un regard las et méfiant à Henzi.

Le lieutenant éteignit la lampe de bureau. Seul le plafonnier jetait sa faible lueur à travers la fumée qui emplissait la pièce.

— Je viens de recevoir le rapport de l'institut médicolégal, von Gunten, déclara-t-il sur un ton de regret. Ils ont autopsié la fille. On a retrouvé du chocolat dans son estomac.

Voilà qui acheva de me convaincre ; le colporteur était coupable. Son aveu n'était plus qu'une question de temps. Je fis un signe de tête à Henzi avant de quitter la pièce.

14

"Je ne m'étais pas trompé. Le lendemain matin, c'était un samedi, Henzi m'a appelé à sept heures. Le colporteur avait avoué. Je suis arrivé au bureau sur le coup des huit heures. Henzi était encore dans l'ancienne pièce de Matthias. Il se détourna de la fenêtre ouverte et me lança un regard, salua, les traits tirés. Le sol était jonché de bouteilles de bière et de cendriers pleins. Il était seul dans la pièce.

— Aveu complet ? demandai-je.

— Il le déposera, répondit Henzi. L'essentiel, c'est qu'il ait avoué le meurtre.

— J'espère au moins qu'il n'y a pas eu de bavure, grognai-je.

L'interrogatoire avait duré plus de vingt heures. C'est interdit, évidemment ; mais à la police, vous imaginez bien qu'on ne peut pas toujours respecter toutes les directives.

— On n'a employé aucune autre méthode illégale, commandant, affirma Henzi.

Je suis retourné dans ma boutique et j'ai fait venir le colporteur. Il tenait à peine sur ses jambes, s'appuyait sur le policier qui l'amenait ; je l'ai prié de s'asseoir, mais il est resté debout.

— Alors, von Gunten, dis-je malgré moi avec une pointe d'amabilité dans la voix, il paraît que vous avez avoué ? Vous avez assassiné la petite Gretl Moser.

— J'ai tué la gamine, répondit le colporteur en regardant ses pieds, d'une voix si faible que je l'entendis à peine. Maintenant, foutez-moi la paix.

— Allez dormir, von Gunten, on reprendra cette discussion plus tard.

Le policier le tira par le bras, mais von Gunten s'arrêta en voyant Matthias apparaître dans le couloir. Le colporteur respirait lourdement. Il voulut dire quelque chose, mais rien ne sortit. Il se contenta de regarder Matthias, qui le laissa passer, gêné.

— Avance, dit le policier en emmenant von Gunten.

Matthias entra dans ma boutique et ferma la porte derrière lui. J'allumai un Bahianos.

— Alors, Matthias, qu'est-ce que vous dites de ça ?

— Ils ont interrogé ce pauvre bougre pendant plus de vingt heures ?

— C'est de vous que Henzi tient cette méthode, vous avez toujours été particulièrement tenace en interrogatoire, répondis-je. Mais il l'a rondement mené, son premier cas en solo, vous ne trouvez pas ?

Matthias ne répondit rien.

Je fis apporter deux cafés crème et des croissants.

Nous avions mauvaise conscience. Le café bien chaud ne suffisait pas à nous dérider.

— Quelque chose me dit, finit par lâcher Matthias, que von Gunten va retirer son aveu.

— Possible, répondis-je en me renfrognant. Dans ce cas, on le cuisinera encore.

— Vous croyez qu'il est coupable ? demanda-t-il.

— Pas vous ? rétorquai-je.

— Si, hasarda Matthias, si, moi aussi.

Il n'avait pas l'air convaincu. La clarté du matin emplissait la pièce, une lumière d'argent mat. Les bruits de la rue montaient depuis le quai de la Sihl, un bataillon de soldats sortait de la caserne.

C'est à ce moment-là que Henzi est revenu. Il est entré sans frapper et il a annoncé :

— Von Gunten s'est pendu.

15

“NOUS nous sommes rués vers la cellule, au bout du long couloir. Deux hommes étaient déjà penchés sur le colporteur. On lui avait arraché sa chemise ; sa poitrine velue ne bougeait plus. Les bretelles pendouillaient encore à la fenêtre.

— Sert plus à rien, a dit l’un des policiers. Il est mort.

Mon Bahianos s’était éteint, je l’ai rallumé pendant que Henzi sortait une cigarette.

— Voilà qui résout l’affaire Gretl Moser, ai-je déclaré avant de retourner à mon bureau d’un pas lent, au bout de cet interminable couloir. Et vous, Matthias, je vous souhaite un bon vol pour la Jordanie.

16

“Mais quand, vers deux heures de l’après-midi, Feller a garé pour la dernière fois sa voiture de fonction devant l’hôtel Urban, avant d’emmener Matthias à l’aéroport, et alors que les bagages étaient déjà chargés, le commissaire lui a dit qu’ils avaient de la marge, et il a tenu à faire le détour par Mègre. Feller a obéi, il a pris par les bois. Le cortège était déjà en marche quand ils ont atteint la place du village, une longue procession qui avançait en silence. Une foule nombreuse avait afflué des villages alentour, et même de la ville, pour assister à l’enterrement. Les journaux avaient déjà annoncé la mort de von Gunten ; tout le monde était soulagé, la justice avait triomphé. Matthias était descendu de la voiture et faisait face à l’église. Feller et lui étaient entourés d’enfants. Des roses blanches ornaient le cercueil ; on l’avait chargé sur une charrette tirée par deux chevaux. Les enfants du village suivaient ce corbillard de fortune, toujours par deux, portant une couronne, les filles en robes blanches ; ils étaient menés par l’institutrice, l’instituteur et le pasteur. Venaient ensuite les parents de Gretl Moser, deux silhouettes noires. La femme s'arrêta et regarda le commissaire, le visage dénué d'expression, les yeux vides.

— Vous avez tenu votre promesse, dit-elle très bas, mais avec une telle précision que le commissaire l'entendit. Merci.

Et elle se remit en marche. Droite et fière près d'un homme brisé, brusquement vieilli.

Le commissaire laissa passer tout le cortège, le maire, les représentants du gouvernement, les paysans, les ouvriers, les ménagères, les filles, tout ce monde dans ses meilleurs vêtements, les plus solennels. Le silence était total sous le soleil de l'après-midi, même les badauds ne bougeaient pas, on entendait seulement le glas lointain des cloches de l'église, les roues de la charrette et les pas qui résonnaient, innombrables, sur le dur pavé de la grand-rue.

— À Kloten, a dit Matthias, et ils sont remontés dans la voiture de fonction.

17

“Après avoir pris congé de Feller et passé le contrôle des papiers, il a acheté le grand quotidien de Zurich dans la salle d’attente. La photo de von Gunten y était imprimée, on le qualifiait d’assassin de Gretl Moser ; il y avait aussi la photo du commissaire, avec une note sur sa nomination prestigieuse. Un homme à l’apogée de sa carrière. Mais quand il s’est avancé sur la piste, l’imperméable sur le bras, il a vu que la terrasse du bâtiment fourmillait d’enfants. C’étaient des scolaires qui visitaient l’aéroport. Des filles et des garçons en habits d’été agitaient frénétiquement leurs petits drapeaux et leurs mouchoirs ; ils criaient, émerveillés face au ballet des gigantesques appareils argentés qui décollaient et atterrissaient. Le commissaire eut un moment d’hésitation, il fit un pas de plus vers l’avion de la Swissair qui attendait sur le tarmac. Tous les autres passagers étaient déjà montés. L’hôtesse qui les avaient accompagnés jusqu’à l’avion tendit la main pour prendre le billet de Matthias, mais le commissaire se retourna encore une fois.

Il regarda ces hordes d'enfants qui faisaient de grands gestes joyeux et envieux vers la machine prête à prendre son envol, et dit à l'hôtesse de l'air :

— Je reste, mademoiselle.

Alors, il repartit vers le bâtiment de l'aéroport, passa sous la terrasse où jubilaient tous ces enfants et se dirigea vers la sortie.

18

“J’ai reçu Matthias le dimanche matin seulement, mais pas dans ma boutique, dans le bureau officiel avec la vue de fonction, si j’ose dire, sur le quai de la Sihl. Aux murs, un Gubler, un Morgenthaler, un Hunziker, des peintres zurichois reconnus. J’étais de méchante humeur, il y avait eu des tracasseries ; un monsieur du département politique avait appelé, insistant bec et ongles pour qu’on lui parle français ; l’ambassade de Jordanie avait protesté, et le Conseil d’État exigeait des explications que je n’étais pas en mesure de fournir, pour la simple et bonne raison que je ne comprenais pas le comportement de mon ancien subordonné.

— Asseyez-vous, commissaire Matthias, dis-je.

Il sembla attristé par mon ton formel. Nous étions face à face. Je ne fumais pas et ne donnais pas l’impression que j’allais prendre un cigare. Ça l’inquiéta.

— La Confédération, repris-je, a passé un contrat stipulant qu’un expert de la police doit être mis à disposition de l’État jordanien, et vous-même, commissaire Matthias, vous avez passé un contrat avec la Jordanie. L'annulation de votre voyage équivaut à la rupture de ces engagements. Nous sommes entre juristes, commissaire Matthias, je crois que je n'ai pas besoin d'être plus explicite.

— En effet, ce n'est pas nécessaire, dit-il.

— C'est la raison pour laquelle je vous demande de vous raviser et de vous rendre en Jordanie le plus rapidement possible, proposai-je.

— Je n'irai pas, répondit Matthias.

— Pourquoi ?

— L'assassin de la petite Gretl Moser n'a pas encore été identifié.

— Vous pensez que le colporteur est innocent ?

— Oui.

— Mais il y a eu aveu.

— Il a dû craquer. L'interrogatoire sans fin, son désespoir, le sentiment d'abandon. Et je n'y suis pas pour rien, ajouta-t-il à voix basse. Le colporteur s'est tourné vers moi, et je ne l'ai pas aidé. Je pensais à la Jordanie.

Drôle de situation. La veille encore, nous discutions de manière décontractée, et voilà que nous étions assis l'un en face de l'autre, raides et solennels, en costume du dimanche.

— Je vous demande de me réattribuer l'affaire, commandant, dit Matthias.

— Je ne peux satisfaire à votre demande, répondis-je, en aucun cas ; vous n'êtes plus chez nous, commissaire Matthias.

Le commissaire me dévisagea, surpris.

— Je suis renvoyé ?

— Vous avez quitté vos fonctions à la police cantonale parce que vous comptiez accepter ce poste en Jordanie, expliquai-je sans me démonter. Vous avez rompu le contrat, ça vous regarde. Mais si nous vous réengagions, cela signifierait que nous approuvons votre démarche. Vous comprendrez que c'est impossible.

— Ah, répondit Matthias. Je comprends.

— Il est hélas impossible de revenir en arrière, tranchai-je.

Silence.

— Quand je suis passé par Mègre en allant à l'aéroport, il y avait des enfants, murmura Matthias.

— Et alors ?

— Le cortège était plein d'enfants.

— C'est normal, non ?

— Et il y avait aussi des enfants à l'aéroport, près de la piste, des classes entières.

— Eh bien ? dis-je, intrigué.

— Imaginons que j'ai raison, imaginons que l'assassin de Gretl Moser vit encore, est-ce que d'autres enfants ne seraient pas en danger ? demanda Matthias.

— Bien sûr que si, rétorquai-je calmement.

— Si cette possibilité du danger existe, continua Matthias avec insistance, la police a pour devoir de protéger les enfants et d'empêcher un nouveau crime.

— C'est donc pour ça que vous n'êtes pas parti, demandai-je lentement, pour protéger les enfants.

— C'est pour ça, répondit Matthias.

Je me tus quelques instants. J'y voyais plus clair et commençais à le comprendre. Mais il fallait bien vivre, finis-je par dire, avec la possibilité que des enfants soient en danger. Dans le cas où la supposition de Matthias s'avérait, il n'y avait plus qu'à espérer que le véritable assassin finirait par se trahir, ou que, dans le pire des cas, il laisserait après son prochain crime des traces que nous pourrions exploiter. Ça pouvait lui paraître cynique, dis-je, et pourtant non. C'était simplement atroce. Le pouvoir de la police avait des limites, et il fallait bien qu'il en soit ainsi. Certes, tout est possible, même le plus invraisemblable, mais nous devions partir de ce qui est vraisemblable. Nous ne pouvions affirmer la culpabilité de von Gunten, en aucun cas ; mais nous pouvions dire qu'il était vraisemblablement coupable. À moins de vouloir inventer un individu qui n'existait pas, le colporteur était le seul qui entrait en ligne de compte. Il avait déjà commis des attentats à la pudeur, il se promenait avec des rasoirs et des chocolats dans les poches, on avait trouvé du sang sur ses vêtements, il avait exercé son activité à Schwytz et à Saint-Gall, c'est-à-dire là où les deux autres meurtres s'étaient produits, sans compter qu'il avait avoué et s'était suicidé : à ce stade, douter de sa culpabilité relevait du pur dilettantisme. Le bon sens fait parfois erreur, nous sommes humains : c'était notre risque, et nous devions l'assumer. Et puis, le meurtre de Gretl Moser n'était hélas pas le seul crime auquel nous avions à nous confronter. Ce matin même, les hommes de police secours avaient dû intervenir à Schlieren. Et cette nuit, quatre cambriolages lourds. Ne serait-ce que d'un point de vue technique, nous ne pouvions pas nous payer le luxe d'une nouvelle enquête. Nous ne pouvions faire que ce qui était en notre pouvoir, et nous l'avions fait. Les enfants sont toujours en danger. On compte plus de deux cents affaires de mœurs par an. Rien que dans le canton. On pouvait informer les parents, prévenir les enfants, et tout cela, nous l'avions fait, mais on ne pouvait pas resserrer les mailles de l'appareil policier et parer à tous les crimes. Les crimes arrivent toujours, non pas parce qu'il y a trop peu de policiers, mais parce qu'il y a, précisément, des policiers. Si nous n'étions pas nécessaires, le crime n'existerait pas. Il fallait bien garder ça à l'esprit. Nous devions faire notre devoir, Matthias avait raison, mais notre devoir premier consistait à ne pas dépasser nos limites, sans quoi nous ne ferions qu'ériger un État policier.

J'avais terminé.

Les cloches de l'église se mirent à sonner.

— Je peux comprendre que votre situation personnelle se soit compliquée. Vous êtes face à un dilemme, finis-je par conclure poliment.

— Je vous remercie, monsieur le commandant, dit Matthias. Je vais commencer par m'occuper de l'affaire Gretl Moser. En privé.

— Vous feriez mieux de laisser tomber, lui conseillai-je.

— C'est hors de question, répondit-il.

Je m'efforçai de masquer mon mécontentement.

— Dans ce cas, puis-je vous demander de ne plus venir nous fatiguer avec ça ? dis-je en me levant.

— Comme vous le souhaiterez, répondit Matthias.

Et nous nous sommes séparés sur ces mots, sans poignée de main.

19

"MATTHIAS a dû quitter le bâtiment vide de la police en passant devant son ancien bureau, et ce n'était pas de gaieté de cœur. On avait déjà changé la plaque sur la porte, et il tomba sur Feller (le policier traînait aussi là le dimanche), qui était gêné de le croiser. Feller salua à peine le commissaire, marmonna quelque chose. Matthias avait l'impression d'être un fantôme, mais ce qui le chagrinait le plus, c'est qu'il n'avait plus de véhicule à disposition. Il était décidé à retourner à Mègre le plus tôt possible ; mais il ne pouvait mettre cette idée en œuvre si facilement, car le village avait beau être proche, le trajet n'était pas simple. Il devait prendre le huit, puis un bus. Matthias tomba sur Troller dans le tram, qui se rendait chez ses beaux-parents avec sa femme ; Troller dévisagea le commissaire, l'air ahuri, mais ne posa pas de questions ; Matthias croisa connaissance sur connaissance, il y eut encore un professeur de l'École polytechnique, un peintre. Il expliquait l'annulation de son voyage par des raisons vagues ; c'était chaque fois le même embarras, car on avait fêté sa “promotion” et son départ ; il eut de nouveau la sensation d’être un spectre, un revenant.

À Mègre, les cloches de l’église s’étaient tues. Les paysans restaient à discuter sur la place du village, ou entraient par petits groupes au Cerf. Il faisait plus frais que les jours précédents, de grands bancs de nuages arrivaient de l’ouest. Les gamins jouaient déjà au foot vers le Creux de la mousse ; rien ne signalait qu’un crime avait été commis près du village, quelques jours plus tôt. Tout respirait la gaieté, quelqu’un chantait “À l’ombre du tilleul”. Des enfants jouaient à cache-cache devant une grande ferme aux murs à colombages, coiffée d’un toit énorme ; un garçon comptait à tue-tête jusqu’à dix pendant que les autres filaient dans toutes les directions. Matthias suivait leur jeu.

— Hé, fit une petite voix près de lui.

Il se retourna.

Une fillette en robe bleue s’était faufilée entre une pile de bois et le mur d’un jardin. Yeux bruns, cheveux bruns. Ursula Fehlmann.

— Qu’est-ce que tu veux ? demanda le commissaire.

— Mets-toi devant moi, chuchota la petite, comme ça ils me trouveront pas.

Le commissaire se plaça devant elle.

— Ursula, dit-il.

— Moins fort, souffla la petite, ils vont voir que tu parles avec quelqu’un.

— Ursula, chuchota le commissaire à son tour. L’histoire du géant. Je n’y crois pas.

— Qu’est-ce que tu crois pas ?

— Que Gretl Moser a rencontré un géant, grand comme une montagne.

— Ben si, il existe.

— Tu en as déjà vu un, toi ?

— Nan, mais Gretl, oui. Mais chut maintenant.

Un rouquin à taches de rousseur sortit de la maison sur la pointe des pieds. C'était le gamin qui devait chercher. Il s'arrêta face au commissaire, puis fila vers l'autre côté de la ferme. La petite se mit à rire sous cape.

— Il m'a même pas vue.

— Gretl t'a raconté des histoires, chuchota le commissaire.

— Nan, dit Ursula. Le géant, il a attendu Gretl toutes les semaines pour lui donner des hérissons.

— Où ça ?

— Au Val du rouge-gorge, répondit Ursula. Même qu'elle l'a dessiné. Donc tu vois qu'il existe. Et puis les p'tits zérissons.

Matthias haussa les sourcils.

— Elle a dessiné le géant ?

— Le dessin, il est accroché dans la classe, dit la petite. Pousse-toi.

Elle se glissa en un clin d'œil entre le tas de bois et Matthias, bondit en direction la ferme, et avant que le rouquin puisse la rattraper, elle toucha le montant de la porte en poussant des cris de joie.

20

“Les nouvelles qu’on m’annonça le lundi matin étaient aussi étranges qu’inquiétantes. À commencer par le maire de Mègre, qui se plaignit au téléphone que Matthias avait pénétré dans le bâtiment de l’école et subtilisé un dessin de la pauvre Gretl Moser ; il ne tolérerait pas que la police cantonale revienne fourrer son nez dans son village, ils avaient besoin de calme après toutes ces horreurs ; il conclut en me disant, sur un ton assez désagréable, que s’il revoyait Matthias dans les parages, il le chasserait du village avec son molosse. Puis ce fut au tour de Henzi, qui me raconta la prise de bec qu’il avait eue avec Matthias à la Kronenhalle, c’était gênant ; son ancien supérieur, manifestement ivre, avait englouti un litre de Réserve du patron avant de réclamer du cognac, en lui disant qu’il avait un innocent sur la conscience ; sa femme, la Zurichoise, avait été très choquée. Mais ce n’était pas tout. Après le rapport du matin, Feller m’annonça qu’un agent, mais de la police municipale cette fois, lui avait indiqué que Matthias avait été vu dans plusieurs bars de la ville, et qu'il logeait désormais à l'hôtel Rex. On me dit enfin que Matthias s'était mis à fumer. Des Parisiennes. L'homme était comme transformé, il semblait avoir changé de caractère du jour au lendemain. Craignant déjà la dépression nerveuse, j'ai appelé un psychiatre qui rédigeait souvent des expertises pour nous.

À mon grand étonnement, le médecin m'a répondu que Matthias s'était déjà annoncé pour l'après-midi, et j'en ai profité pour l'informer de tout ce qu'on m'avait rapporté.

Là-dessus, j'ai écrit à la légation jordanienne en leur annonçant que Matthias était empêché pour raison de santé ; s'ils voulaient bien lui accorder un congé, il se présenterait à Amman dans deux mois.

21

"La clinique privée se trouvait assez loin de la ville, près d'un village nommé Rötten. Matthias avait pris le train et dut faire un long bout de chemin à pied. Il avait été trop impatient pour attendre le car postal et enragea un peu en voyant que le véhicule n'avait pas mis longtemps à le dépasser. Il traversa de petits hameaux. Des enfants jouaient au bord de la route, et les paysans travaillaient aux champs. Le ciel couvert brillait d'un éclat argenté. Le froid était revenu, la température approchait la barre du zéro, heureusement sans l'atteindre. Matthias suivit les collines et, arrivé à Rötten, il prit le sentier qui montait vers l'asile. Il aperçut d'abord un bâtiment jaune surmonté d'une grande cheminée. On avait l'impression de s'approcher d'une usine sinistre. Mais le tableau s'éclaircit. Le bâtiment principal était encore caché par des hêtres et des peupliers ; il remarqua aussi des cèdres et un séquoia géant. Il entra dans le parc et se trouva face à une intersection. Matthias suivit le panneau qui indiquait Direction. Un petit lac étincelait entre les arbres et les buissons, mais ce n'était peut-être qu'une nappe de brouillard. Le silence était glaçant. Matthias n'entendait que le bruit de ses pas sur le gravier. Puis il y eut un raclement : un jeune homme passait le râteau sur le sentier, avec des gestes lents et harmonieux. Matthias s'arrêta, indécis. Il ne savait où s'adresser, il n'y avait plus de panneaux.

— Pourriez-vous m'indiquer le bâtiment de la direction ? dit-il en se tournant vers le jeune homme.

Pas de réponse. Le jeune homme continuait à ratisser, lentement, calmement, telle une machine, il semblait n'avoir rien entendu. Son visage était dénué d'expression, et comme l'action à laquelle il se livrait offrait un contraste frappant avec sa force physique, qui semblait énorme, le commissaire eut soudain l'impression d'être en danger. Le gaillard aurait pu lever son râteau sur lui d'un instant à l'autre. Il était fébrile. Il poursuivit son chemin avec hésitation et entra dans une cour. Puis dans une deuxième, plus grande. Des colonnades l'entouraient des deux côtés, comme dans un cloître, sauf que la cour se terminait par un bâtiment qui faisait penser à un chalet. Mais là non plus, pas âme qui vive, seule une voix plaintive qui résonnait à l'intérieur, perçante, implorante, répétant sans cesse le même mot, inlassablement. Matthias s'arrêta encore, sans savoir que faire. Une tristesse incompréhensible l'envahit. Il n'avait jamais été aussi désemparé. Il tourna la poignée d'un vieux portail plein d'entailles et d'inscriptions ; mais la porte resta close. Il n'y avait que la voix, toujours cette voix. Il erra comme un somnambule sous les arches. Des tulipes rouges, jaunes parfois, sortaient des grands vases en pierre. Il finit par entendre des pas ; un vieil homme à haute stature traversait la cour avec dignité. L'air troublé, un peu surpris. Une infirmière le guidait.

— Bonjour, dit le commissaire, je viens voir le professeur Lohrer.

— Vous avez rendez-vous ? demanda l'infirmière.

— Je suis attendu.

— Allez-y, entrez dans le salon, dit l'infirmière en lui indiquant une porte à deux battants. On viendra vous chercher.

Elle quitta Matthias en prenant le vieux somnolant par le bras et disparut avec lui derrière une porte. La voix geignait toujours. Matthias entra dans le salon. C'était une grande pièce décorée de meubles anciens, avec des fauteuils et un énorme canapé que surplombait le portrait d'un homme dans un imposant cadre doré. Sans doute le fondateur de l'établissement. On voyait aussi des tableaux tropicaux, brésiliens peut-être. Matthias crut reconnaître l'arrière-pays de Rio de Janeiro. Il s'avança vers la porte-fenêtre. Elle ouvrait sur une terrasse. De grands cactus décoraient le carré de pierre, mais on ne voyait plus rien du parc, la brume s'était épaissie. Matthias devina une autre terrasse en arc de cercle, avec un monument ou une pierre tombale, et un peuplier blanc à la silhouette menaçante et spectrale. Le commissaire commençait à s'impatienter. Il s'alluma une cigarette ; sa nouvelle passion avait le don de le calmer. Il retourna dans la pièce, vers le canapé, devant lequel était disposée une vieille table ronde couverte de vieux livres ; Gustav Bonnier, *Flore complète de France, Suisse et Belgique*. Il le feuilleta ; des planches botaniques soigneusement dessinées, des fleurs et des herbes, très belles sans doute, et apaisantes ; mais le commissaire ne savait qu'en faire. Il grilla une autre cigarette. Une infirmière finit par apparaître, une petite dame énergique avec des lunettes sans monture.

— Monsieur Matthias ? demanda-t-elle.

— C'est ça.

L'infirmière semblait chercher quelque chose.

— Et vos bagages ?

Matthias secoua la tête, s'étonnant un instant de cette question.

— J'aimerais seulement poser quelques questions à monsieur le professeur, répondit-il.

— Si vous voulez bien me suivre, dit l'infirmière en indiquant au commissaire une petite porte.

22

“La pièce dans laquelle il entra était exiguë, et assez misérable, ce qui le surprit. Rien n’indiquait qu’un médecin y travaillait. Aux murs, le même genre de tableaux qu’au salon, mais aussi des photographies d’hommes graves à barbe et à lunettes sans montures, des gueules de monstres. Ses prédécesseurs, sans doute. Le bureau et les chaises débordaient de livres, seul un vieux fauteuil en cuir restait libre. Le médecin était assis en blouse blanche derrière ses dossiers. Petit et sec, il faisait penser à un volatile et portait lui aussi des lunettes sans montures, comme l’infirmière et les barbus sur les tableaux. Les lunettes sans montures semblaient obligatoires, c’était peut-être l’emblème ou le signe distinctif d’un ordre secret, comme la tonsure des moines, qu’est-ce que j’en sais, pensa le commissaire.

L’infirmière se retira. Lohrer se leva, salua Matthias.

— Bienvenue, dit-il, un peu gêné. Faites comme chez vous. C’est un peu miteux, je sais. Nous sommes une fondation, ça rame pas mal côté trésorerie.

Matthias s'assit dans le fauteuil en cuir. Le médecin alluma sa lampe de bureau, il faisait très sombre dans la pièce.

— Je peux fumer? demanda Matthias.

Lohrer eut un instant d'hésitation.

— Je vous en prie, dit-il en considérant Matthias pardessus ses lunettes poussiéreuses. Mais vous ne fumiez pas, avant?

— Jamais.

Le médecin prit une feuille et se mit à griffonner, sans doute pour noter quelque chose. Matthias attendit.

— Vous êtes né le 11 novembre 1903, c'est bien ça? demanda le médecin en continuant d'écrire.

— C'est ça.

— Toujours à l'hôtel Urban?

— Au Rex, maintenant.

— Bien, au Rex. Weinbergstrasse. Vous continuez donc à vivre dans des chambres d'hôtel, mon bon Matthias?

— On dirait que ça vous surprend?

Le médecin leva les yeux de ses papiers.

— Bon Dieu, dit-il, ça fait déjà trente ans que vous vivez à Zurich. Les gens fondent des familles, ils procréent, ils font tourner l'avenir. Vous n'avez vraiment aucune vie privée? Pardonnez-moi d'être si direct.

— Je vois, répondit Matthias.

Tout s'éclaircissait, il comprit aussi la question de l'infirmière sur ses bagages.

— Le commandant vous a prévenu.

Le médecin posa soigneusement son stylo-plume à côté de la feuille.

— Que voulez-vous dire, très honoré Matthias?

— On vous a donné pour consigne de m'examiner, constata Matthias en écrasant sa cigarette. Parce que la police cantonale ne me trouve pas tout à fait... normal.

Les deux hommes se turent. Le brouillard s'était épaissi derrière la fenêtre, un crépuscule opaque, informe, dont la trouble clarté s'immisçait dans la petite pièce pleine de livres et de dossiers empilés. Et un air froid, une odeur de renfermé, mêlée à de vagues effluves de médicament.

Matthias se leva, ouvrit la porte. Deux hommes en blouse blanche attendaient derrière, les bras croisés. Matthias referma.

— Deux infirmiers. Au cas où je ferais des complications.

Lohrer restait de marbre.

— Écoutez-moi bien, Matthias, dit-il. C'est le médecin qui va vous parler.

— Comme vous voudrez, répondit Matthias en se rasseyant.

On lui avait rapporté, continua Lohrer en reprenant sa plume, que Matthias avait eu, ces derniers temps, des agissements que l'on ne pouvait plus qualifier de normaux. Lohrer se permettait donc de lui parler sans détour. Matthias avait un dur métier, et il se devait d'être dur avec les gens qui gravitaient dans sa sphère, et c'est pourquoi lui, le médecin, priait Matthias de bien vouloir l'excuser de lui dire les choses telles qu'elles étaient, car son métier l'avait également endurci. Et rendu méfiant. C'était quand même curieux, se disait-il en songeant au comportement de Matthias : laisser passer une chance aussi unique que celle du poste en Jordanie, comme ça, d'un coup d'un seul. Et puis cette idée fixe, vouloir retrouver un assassin qu'on avait déjà identifié ; et enfin ce brusque penchant pour la cigarette, et cette passion soudaine pour l'alcool, quand même, quatre doubles cognacs après un litre de Réserve, diantre, ça ressemblait quand même foutrement à un soudain changement de personnalité, aux premiers symptômes d'une maladie. Matthias avait tout intérêt à se soumettre à une analyse complète, pour qu'on puisse établir une vue d'ensemble, tant sur le plan clinique que psychologique, et c'est pourquoi il lui proposait de rester quelques jours à Rötten.

Le médecin s'interrompit et, se penchant sur ses papiers, reprit son griffonnage.

— Avez-vous des accès de fièvre ?

— Non.

— Des troubles du langage ?

— Non plus.

— Des voix ?

— Absurde.

— Des suées ?

Matthias hocha la tête. La pénombre et le bavardage du médecin l'impatientaient. Il chercha ses cigarettes, finit par les trouver ; le médecin lui tendit une allumette, qu'il prit d'une main tremblante de colère. La situation était trop téléphonée, il aurait dû la prévoir et choisir un autre psychiatre. Mais il aimait ce médecin, qu'ils faisaient parfois intervenir comme expert rue de la Caserne, plutôt par bonté ; il avait confiance en lui, parce que les autres médecins le dédaignaient, parce qu'il passait pour un original, un affabulateur.

— Un peu tendu, constata le médecin d'une voix presque réjouie. Vous voulez que j'appelle l'infirmière ? Si vous souhaitez déjà qu'on vous prépare votre…

— Hors de question, répondit Matthias. Vous avez du cognac ?

— Je vais vous donner un calmant, proposa le médecin en se levant.

— Je n'ai pas besoin de calmant, j'ai besoin d'un cognac, maugréa le commissaire.

Le médecin avait dû activer un signal caché, car un infirmier ouvrit la porte.

— Allez chercher une boutanche de cognac et deux verres dans mon appartement, ordonna le médecin en se frottant les mains, sans doute à cause du froid. Et fissa.

L'infirmier disparut.

— Vraiment, Matthias, déclara le médecin, votre hospitalisation me semble très urgente. Sinon, nous courons au plus somptueux effondrement moral et physique. On préférerait l'éviter, pas vrai ? Avec un peu de cran, on devrait pouvoir y arriver.

Matthias ne trouva rien à répondre. Et le médecin se tut. Le téléphone brisa le silence, Lohrer prit le combiné et dit :

— Suis occupé.

Il faisait presque noir à l'extérieur, le soir était tombé d'un seul coup.

— Vous voulez que j'allume le plafonnier ? demanda le médecin histoire de dire quelque chose.

— Non.

Matthias avait retrouvé son calme. Quand l'infirmier arriva avec le cognac, il se servit un verre, le vida, s'en servit un autre.

— Lohrer, dit-il, trêve de gamineries, épargnez-moi vos diantre, vos fissa et compagnie. Vous êtes médecin.

Est-ce qu'il vous est aussi arrivé, à vous, dans votre métier, de vous trouver face à un cas impossible à résoudre ?

Le médecin regarda Matthias avec de grands yeux. La question le touchait, le dérangeait, il se demandait où le commissaire voulait en venir.

— La plupart de mes cas sont insolubles, répondit-il enfin avec honnêteté, même s'il sentit au même instant qu'il n'aurait jamais dû donner cette réponse à un patient – puisqu'il considérait Matthias comme son patient.

— Ça ne m'étonne pas, vu le métier que vous faites, répondit Matthias avec une ironie qui peina le médecin.

— C'est uniquement pour me poser cette question que vous êtes venu jusqu'ici ?

— Entre autres.

— Mais qu'est-ce qui vous prend, à la fin ? Vous qui êtes pourtant le plus raisonnable d'entre nous ! fit le médecin, embarrassé.

— Je ne sais pas, répondit Matthias, hésitant. La petite fille qui a été tuée.

— Gretl Moser ?

— Je pense tout le temps à cette fillette.

— Ça vous obsède ?

— Vous avez des enfants ? demanda Matthias.

— C'est que… je ne suis pas marié non plus, répondit doucement le médecin en reprenant son air gêné.

— Ah, vous non plus.

Matthias s'interrompit un instant, l'air sombre.

— Vous voyez, Lohrer, reprit-il, j'ai bien regardé, je n'ai pas détourné les yeux comme Henzi, mon successeur, un homme normal : un petit corps mutilé gisait sur les feuilles, seul le visage était indemne, un visage d'enfant. J'ai regardé fixement, il y avait aussi une robe rouge et des bouts de pain dans les broussailles. Mais ce n'était pas le plus terrible.

Matthias s'interrompit encore. Il semblait effrayé. Cet homme ne parlait jamais de lui-même, mais aujourd'hui il y était forcé, parce qu'il avait besoin de ce petit volatile de médecin avec ses lunettes ridicules ; lui seul pouvait l'aider, mais il fallait d'abord qu'il lui offre sa confiance.

— Vous avez eu raison de vous étonner, reprit-il enfin, que je vive toujours à l'hôtel. C'est que je refusais de me confronter au monde ; je voulais le maîtriser en vieux routier, oui, mais pas souffrir avec lui. J'ai voulu rester supérieur à lui, garder la tête froide, le contrôler comme un technicien. J'ai supporté la vue de la fillette, mais quand je me suis retrouvé face aux parents, tout à coup je ne l'ai plus supporté, j'ai tout à coup voulu fuir cette maudite maison au Creux de la mousse, et j'ai juré sur le salut de mon âme de retrouver l'assassin, rien que pour ne plus voir la souffrance de ces parents, sans me soucier du fait que je serais incapable de tenir cette promesse, puisque je devais m'envoler pour la Jordanie. Et ensuite, j'ai laissé la vieille indifférence remonter en moi, Lohrer. C'était ignoble. Je n'ai pas défendu le colporteur. J'ai laissé faire, je n'ai rien empêché. Je suis redevenu l'être impersonnel que j'avais été, “Matthias la Cuirasse”, comme ils m'appellent dans les bistrots du centre-ville. J'ai continué à me débiner, à me réfugier dans le calme et la supériorité, dans la forme, dans l'inhumanité, jusqu'à ce que j'aperçoive les enfants près du tarmac.

Le médecin écarta ses notes.

— J'ai fait demi-tour, dit Matthias. Le reste, vous le savez.

— Et maintenant ? demanda le médecin.

— Maintenant, me voilà devant vous. Parce que je crois que le colporteur n'est pas coupable et que je dois tenir ma promesse.

Le médecin se leva, s'approcha de la fenêtre.

L'infirmier apparut, son collègue juste derrière.

— Retournez à l'unité, dit le médecin, je n'ai plus besoin de vous.

Matthias se servit un verre en riant.

— Pas mal, ce Rémy Martin.

Le médecin ne quittait pas la fenêtre, scrutait le jardin.

— Comment puis-je vous aider ? demanda-t-il, gêné. Je ne suis pas criminologue. (Et se tournant vers Matthias :) Pourquoi diable êtes-vous persuadé que le colporteur est innocent ? demanda-t-il.

— Tenez.

Matthias posa une feuille sur le bureau et la déplia soigneusement. C'était un dessin d'enfant. En bas à droite, "Gretl Moser" en lettres tremblées. Et un homme dessiné au feutre. Il était grand, plus grand que les sapins qui l'entouraient comme d'étranges brins d'herbe, dessiné comme dessinent les enfants, un point, un autre point, une virgule, un trait, un cercle tout autour, et déjà un visage. Il portait un chapeau noir, des habits noirs, et sa main droite, un disque rond avec cinq traits, laissait tomber d'autres petits disques tout poilus, comme des étoiles, sur une petite fille qui se tenait juste en dessous, encore plus petite que les sapins. Tout en haut, à moitié dans le ciel, une voiture noire, et à côté un drôle d'animal avec de drôles de cornes.

— C'est Gretl Moser qui a fait ce dessin, dit Matthias. Je l'ai récupéré dans sa salle de classe.

— Et qu'est-il censé représenter ? demanda le médecin en regardant la feuille, perplexe.

— Le gérisson.

— Qu'est-ce que ça veut dire ?

— Le géant aux hérissons. Gretl a raconté qu'un géant lui avait donné des petits hérissons dans la forêt. Ce dessin illustre leur rencontre, expliqua Matthias en montrant les petits disques.

— Et maintenant, vous croyez que…

— Gretl Moser aurait représenté son assassin sous les traits du gérisson. Ce soupçon n'est pas totalement infondé.

— Balivernes, Matthias, rétorqua le médecin en se renfrognant. Ce dessin n'est qu'un produit de l'imagination, ne vous faites aucune illusion là-dessus.

— C'est probable, répondit Matthias, mais admettez que la voiture est trop bien observée. Je dirais même qu'il s'agit d'une vieille américaine, et le géant a l'air très réel.

— Les géants n'existent pas, insista le médecin avec impatience. Épargnez-moi vos fables.

— Une petite fille pourrait facilement prendre un homme grand et massif pour un géant.

Le médecin dévisagea Matthias, incrédule.

— Vous pensez que le meurtrier est un homme de grande taille ?

— Ce n'est évidemment qu'une vague supposition, éluda le commissaire. Mais si elle se vérifie, alors l'assassin conduit une voiture noire, une vieille américaine.

Lohrer remonta les lunettes sur son front. Il prit le dessin et l'observa attentivement.

— Que voulez-vous que je fasse ? hasarda-t-il.

— En partant du principe que ce dessin est tout ce que je possède de l'assassin, déclara Matthias, ce serait la seule piste que je peux suivre. Mais dans ce cas, je serais comme un patient lambda à qui on demande de lire une radio. Je serais incapable d'interpréter le dessin.

Le médecin secoua la tête.

— Ce dessin ne nous apprend rien sur l'assassin, répondit-il en reposant la feuille sur le bureau. On peut seulement en déduire quelque chose de la petite fille qui l'a fait. Gretl était sûrement une enfant intelligente, éveillée et joyeuse. Les enfants ne dessinent pas seulement ce qu'ils voient, vous savez bien qu'ils dessinent aussi ce qu'ils sentent. L'imagination se mêle à la réalité. Sur ce dessin, par exemple, il y a des éléments réels : le grand bonhomme, la voiture, la fille ; mais d'autres sont pour ainsi dire cryptés : les hérissons, l'animal avec les grandes cornes. Autant d'énigmes. Et la solution, eh bien, Gretl l'a emportée dans la tombe. Je suis médecin, pas nécromancien. Remballez votre dessin. Cessez de vous en préoccuper, ça n'a pas de sens.

— Vous n'osez pas, voilà tout.

— Je déteste perdre mon temps.

— Ce que vous considérez comme une perte de temps n'est peut-être qu'une vieille méthode, déclara Matthias. Vous êtes scientifique, vous savez bien ce qu'est une hypothèse de travail. Considérez la supposition selon laquelle j'aurais identifié l'assassin sur ce dessin comme une hypothèse de travail. Acceptez de suivre ma fiction, cherchons ensemble ce qui peut en sortir.

Lohrer regarda le commissaire un long instant, songeur, et se remit à scruter le dessin.

— À quoi il ressemblait, ce colporteur ? demanda-t-il.
— Quelconque.
— Intelligent ?
— Pas bête, mais tire-au-flanc.
— Il n'avait pas été condamné pour un attentat à la pudeur ?
— On l'a pincé avec une gamine de quatorze ans.
— Des relations avec d'autres femmes ?
— Comme colporteur. Il arpentait pas mal la région, répondit Matthias.

La curiosité de Lohrer était piquée. Quelque chose clochait.

— Dommage que ce Don Juan ait avoué et se soit pendu, grommela-t-il, sinon, il ne me ferait pas l'impression d'un criminel sexuel. Mais jouons le jeu, suivons votre hypothèse. Le gérisson sur le dessin ressemble fort, du moins en apparence, à un criminel sexuel. Il a l'air grand et massif. La plupart des gens qui agressent les enfants de cette manière sont primaires, plus ou moins attardés, des imbéciles, des débiles, pour le dire avec nos mots de médecins, robustes, avec un penchant pour la violence, et souffrant de complexes d'infériorité envers les femmes, ou d'impotence.

Il retint son souffle, comme s'il avait découvert quelque chose.

— C'est drôle, dit-il.
— Quoi donc ?
— La date sous la signature.
— Eh bien ?
— Plus d'une semaine avant le meurtre. Si votre hypothèse se vérifie, Gretl Moser devrait avoir rencontré son

assassin avant l'acte, Matthias. Ce serait étrange qu'elle ait raconté sa rencontre sous la forme d'un conte.

— Les enfants.

Lohrer secoua la tête.

— Les enfants sont comme nous, ils ne font jamais quelque chose sans raison, dit-il. Et il semble probable que le grand homme en noir aurait interdit à Gretl de raconter leur drôle de rencontre. Et la pauvre petite lui aurait obéi, elle aurait inventé un conte plutôt que de dire la vérité ; sinon, quelqu'un aurait eu des soupçons, et on aurait pu la sauver. J'avoue que, dans ce cas, l'histoire devient diabolique. A-t-elle été violée ? demanda-t-il de but en blanc.

— Non, répondit Matthias.

— Et c'était la même chose avec les filles qui ont été tuées il y a quelques années, à Saint-Gall et dans le canton de Schwytz ?

— Oui.

— Elles aussi avec un rasoir ?

— Elles aussi.

Cette fois, c'est le médecin qui prit un cognac.

— Ce n'est pas un crime à caractère sexuel, avança-t-il, mais un acte de vengeance. Le coupable a voulu se venger des femmes en commettant ces meurtres, que ce soit le colporteur ou le gérisson de la pauvre Gretl.

— Une petite fille n'est pas une femme.

Lohrer ne se laissa pas démonter.

— Mais chez les personnes malades, elle peut remplacer une femme, expliqua-t-il. Comme le meurtrier n'ose pas s'attaquer aux femmes, il s'attaque à une petite fille. Il la tue à la place de la femme. Et c'est aussi pour ça qu'il s'en prendra toujours au même type de fille. Vérifiez, vous verrez que les victimes se ressemblent toutes. N'oubliez pas qu'il s'agit d'un individu primaire. Qu'ils soient débiles de naissance ou qu'ils aient développé une pathologie plus tard, ces êtres sont incapables de maîtriser leurs pulsions. La capacité de résistance qu'ils devraient opposer à leurs pulsions est anormalement faible ; il faut très peu de choses, une légère modification du métabolisme, quelques cellules dégénérées, pour que l'homme se transforme en bête sauvage.

— Et pourquoi se vengerait-il ?

Le médecin réfléchit.

— Des conflits sexuels, peut-être, finit-il par déclarer. Peut-être que cet homme était dominé ou exploité par une femme. Peut-être que sa femme était riche et lui, pauvre. Peut-être qu'elle avait une position sociale plus élevée que la sienne.

— Rien de tout cela ne correspond au colporteur, constata Matthias.

Le médecin haussa les épaules.

— Dans ce cas, un autre élément lui correspondra. Les choses les plus absurdes peuvent se passer entre un homme et une femme.

— Y a-t-il un risque que d'autres meurtres soient commis ? demanda Matthias. Si le colporteur n'est pas l'assassin ?

— À quand remonte le meurtre de Saint-Gall ?

— À cinq ans.

— Et celui du canton de Schwytz ?

— Deux.

— L'écart entre les cas se réduit, constata le médecin. Ça pourrait être le signe d'une aggravation de la maladie.

La résistance aux affects doit être de plus en plus faible, et le malade commettra sans doute un nouveau meurtre dans quelques mois, voire quelques semaines, si l'occasion se présente.

— Son comportement, entre les meurtres ?

— Dans un premier temps, le malade se sentira soulagé, dit le médecin d'un ton un peu incertain, mais la haine ne tardera pas à s'accumuler, et une nouvelle pulsion de vengeance se fera sentir. Il recherchera d'abord la proximité des enfants. Devant les écoles, par exemple, ou sur les places publiques. Ensuite, il recommencera à sillonner la région en voiture, à la recherche d'une nouvelle victime, et quand il aura trouvé la fille, il tentera de s'attirer son amitié, jusqu'à ce qu'il passe encore une fois à l'acte.

Lohrer se tut.

Matthias prit le dessin, le replia et le glissa dans sa poche de chemise. Il regarda la nuit qui obscurcissait maintenant les carreaux de la fenêtre.

— Souhaitez-moi bonne chance, Lohrer. Je dois retrouver le gérisson, dit-il.

Le médecin le regarda avec pitié, et comprit.

— Le gérisson n'est pas qu'une simple hypothèse de travail, n'est-ce pas, Matthias ?

Matthias acquiesça.

— Je crois en son existence. Je ne doute pas un seul instant qu'il soit l'assassin.

Tout ce qu'il venait de lui dire n'était que spéculation, un simple jeu de l'intellect, sans valeur scientifique, souligna le médecin, irrité d'avoir été trompé et de ne pas avoir vu clair dans le jeu de Matthias. Il lui avait simplement indiqué une possibilité entre mille autres. Avec la même méthode, on pouvait prouver que n'importe quel quidam était le meurtrier, pourquoi pas, on pouvait après tout s'imaginer n'importe quelle foutaise et trouver un moyen de la justifier logiquement, Matthias le savait très bien, et c'était seulement par bienveillance que lui, Lohrer, avait accepté de donner du crédit à sa fiction, mais maintenant, il fallait que Matthias se comporte un peu en homme et qu'il regarde la réalité en face, sans hypothèse, qu'il ait le courage d'accepter les facteurs qui prouvaient clairement la culpabilité du colporteur. Ce dessin d'enfant n'était qu'un produit de l'imagination, ou représentait à la rigueur la rencontre de la fillette avec un homme qui n'était aucunement l'assassin, qui ne pouvait tout bonnement pas l'être.

— Laissez-moi donc le soin d'évaluer, répondit Matthias en vidant son cognac, quel degré de véracité vos déclarations contiennent.

Le médecin ne répondit pas tout de suite. Il restait là, assis derrière son vieux bureau, entouré de ses bouquins et de ses comptes rendus, le directeur d'une clinique depuis longtemps défraîchie, en manque de financements, du minimum vital, et au service de laquelle il s'esquintait.

— Matthias, dit-il enfin pour clore leur entretien, et sa voix était lasse et amère. Vous tentez l'impossible. Ce n'est pas que je veuille être pathétique. On a sa volonté, son ambition, sa fierté, on rechigne à laisser tomber. Je suis bien placé pour le comprendre. Mais si vous avez l'intention de partir à la recherche d'un assassin qui n'existe très vraisemblablement pas, et que vous ne retrouverez jamais, même s'il existe – parce qu'il y a tellement d'individus de son espèce qui ne passent jamais à l'acte –, là, ça devient délicat. La méthode pour laquelle vous optez, c'est la folie ; je veux bien admettre que ce soit courageux, les postures extrêmes en imposent de nos jours, mais si cette méthode ne vous mène pas au but, je crains qu'au bout du compte, il ne vous reste plus que la folie.

— Au revoir, docteur Lohrer, dit Matthias.

23

"C'EST Lohrer qui m'a rapporté la discussion. Ses pattes de mouche étaient toujours aussi illisibles. J'ai fait venir Henzi. Il a fallu qu'il se penche un moment sur la feuille. Il a fini par dire que le médecin lui-même parlait d'hypothèses inconsistantes. Je n'en étais pas si sûr, Lohrer m'avait l'air de craindre sa propre audace. Et moi aussi, je me prenais bel et bien à douter. Après tout, le colporteur ne nous avait pas fait d'aveu détaillé, rien que nous puissions vérifier ; il n'avait avoué que dans les grandes lignes. Sans compter que l'arme du crime n'avait pas encore été retrouvée, et qu'aucun des rasoirs qu'il trimbalait dans son panier ne portait de traces de sang. Voilà qui me redonnait du grain à moudre. Ce constat ne suffisait certes pas à décharger von Gunten a posteriori, les indices pesaient encore lourd, mais j'étais décontenancé. Et puis, la démarche de Matthias me convainquait davantage que je ne voulais bien l'admettre. Au grand dam du procureur, je suis allé jusqu'à faire fouiller encore une fois le bois près de Mègre ; et là encore, ce fut chou blanc. Impossible de mettre la main sur l'arme du crime. Elle devait être restée dans la ravine, comme l'affirmait Henzi.

— Bon, dit-il en prenant une de ses ignobles cigarettes parfumées, on ne peut vraiment rien faire de plus pour cette affaire. Soit Matthias déraille, soit c'est nous. Maintenant, il faut choisir.

Je lui ai montré les photos que j'avais fait venir. Les trois petites mortes se ressemblaient.

— Encore une piste qui remonte au gérisson.

— Pourquoi ? répondit Henzi froidement. Ces gamines correspondent au genre du colporteur. (Puis, en riant :) Il m'en bouche un coin, le Matthias. Dans quoi il s'est fourré. J'aimerais pas être à sa place.

— Ne le sous-estimez pas, grognai-je. Il est capable de tout.

— Même de retrouver un assassin imaginaire, commandant ?

— Peut-être, répondis-je en rangeant les trois clichés dans leur dossier. Tout ce que je sais, c'est que Matthias n'abandonne jamais.

La suite allait me donner raison. La première nouvelle arriva du chef de la municipale. À la sortie d'une réunion. On avait encore dû régler un conflit de compétence, après quoi cet oiseau de malheur, au moment de me quitter, se mit à parler de Matthias. Sûrement pour me mettre en rogne. Il me dit que Matthias avait été aperçu plusieurs fois au zoo, et qu'il avait aussi fait l'acquisition d'une vieille Nash dans un garage près de la place Escher-Wyss. Mais ensuite, je reçus une autre nouvelle. Qui me laissa complètement interloqué. C'était à la Kronenhalle, un dimanche soir, je m'en souviens très bien. J'avais autour de moi les plus grandes gueules, les plus beaux noms et les appétits les plus gargantuesques de Zurich, les serveuses trottinaient entre les tables, les chariots à viande fumaient, et le trafic pétaradait dans la rue. J'étais assis sous mon Miró face à ma soupe de boulettes de foie, sans embêter personne, quand le représentant d'une des grosses boîtes de carburant m'a adressé la parole. Il s'est assis sans façon à ma table. Il était un peu éméché, un peu excité, et après avoir commandé un marc, il m'a raconté, goguenard, que mon ancien lieutenant avait changé de métier : il avait repris une station-service dans les Grisons, près de Coire, qui rapportait tellement peu que la boîte avait été sur le point de la fermer.

D'abord, je n'ai accordé aucun crédit à ce racontar. Il me semblait grotesque, absurde, insensé.

Mais le représentant ne me lâchait pas. Il chanta les louanges de Matthias, qui faisait aussi ses preuves dans son nouveau métier. La station-service tournait bien. Matthias avait beaucoup de clients. Presque uniquement des gens avec qui il avait déjà été en contact, même si ces contacts-là n'étaient pas très clairs. Ils avaient dû se passer le mot, Matthias la Cuirasse était devenu pompiste, et voilà que les "anciens" débarquaient des quatre coins de la Suisse en faisant ronfler le moteur. Des teuf-teuf antédiluviens aux Mercedes les plus rutilantes, le défilé était complet. La station de Matthias était en quelque sorte devenue la Mecque des milieux interlopes de toute la Suisse alémanique. La vente d'essence atteignait des sommets, à tel point que la boîte avait dû lui installer une deuxième pompe à super. Elle lui avait aussi proposé de construire un bâtiment moderne pour remplacer la vieille bicoque qu'il habitait désormais. Proposition qu'il avait poliment déclinée, tout comme il avait refusé d'engager un aide. On voyait souvent se former une longue file de voitures et de motos derrière la pompe, mais personne ne perdait patience. Il fallait croire que l'honneur de se faire servir par un ancien lieutenant de la police cantonale était trop grand.

Je suis resté sans voix. Le représentant a quitté ma table, mais quand le chariot fumant s'est approché, son récit avait sérieusement entamé mon appétit, je n'ai presque rien mangé et j'ai préféré commander une bière. Henzi est arrivé un peu plus tard, avec son éternelle Zurichoise, l'air sombre, parce que le résultat d'un vote n'avait pas été à son goût, et je lui ai servi la nouvelle. Matthias avait fini par péter une durite, il avait toujours dit que ça arriverait; son humeur s'est nettement améliorée et il a englouti deux bavettes, pendant que la Zurichoise n'arrêtait pas de parler du Théâtre. Elle avait ses relations au Théâtre.

Là-dessus, quelques jours plus tard, le téléphone sonne. Pendant une réunion. Avec la municipale, bien sûr. C'était la directrice d'un orphelinat. La vieille demoiselle me raconte, tout excitée, que Matthias s'est présenté chez elle, sur son trente-et-un, tout en noir, sans doute pour faire bonne impression, et lui a demandé si elle voudrait bien lui donner une petite fille qu'il avait repérée dans le cercle de ses protégées (c'est l'expression qu'elle a employée). Il n'était intéressé que par cette petite fille-là; il avait toujours désiré avoir une fille, et maintenant qu'il dirigeait seul un garage dans les Grisons, il était enfin en mesure de l'élever. Évidemment qu'elle n'avait pas cédé à ses exigences, se contentant d'invoquer poliment les statuts de l'établissement ; mais mon ancien lieutenant lui avait fait une impression si étrange qu'elle croyait de son devoir de m'en informer. Et elle a raccroché. Voilà qui était vraiment insolite. J'ai tiré sur mon Bahianos, stupéfait. Mais c'est encore une autre affaire qui nous a rendu, à nous autres, rue de la Caserne, le comportement de Matthias vraiment intolérable. On venait de faire comparaître un individu hautement douteux. Officiellement, c'était un coiffeur pour femmes, officieusement, un mac ; il avait pris ses aises dans un village chanté par pas mal de poètes, sur les hauteurs du lac, où il goûtait les charmes d'une villa princière. En tout cas, on y observait un vrai ballet de taxis et de voitures privées. J'avais à peine commencé mon interrogatoire que le type s'est mis à fanfaronner. Il exultait, trop heureux de pouvoir nous frotter sa trouvaille sous le nez. Matthias vivait dans sa station-service avec Mme Heller. J'ai appelé Coire sur-le-champ, puis le poste de police responsable de la zone ; c'était vrai. Je n'ai plus rien trouvé à dire. Le coiffeur pour dames restait assis là, face à mon bureau, mâchant son chewing-gum d'un air triomphant. J'ai capitulé, et j'ai fini, au nom de Dieu, par donner l'ordre de relâcher ce vieux pécheur. Il nous avait bien roulés.

L'incident était alarmant. J'étais perplexe, Henzi outré, le procureur dégoûté, et le conseiller d'État, qui eut vent de la chose, dit que c'était une honte. Mme Heller avait déjà été reçue chez nous. Une de ses collègues – une autre dame… connue, comme elle, dans toute la ville – avait été assassinée ; on soupçonnait Mme Heller d'avoir sur l'affaire plus de détails qu'elle voulait bien nous donner, et ensuite, elle avait été expulsée du canton de Zurich, même si, abstraction faite de son métier, on ne tenait rien contre elle. Mais les gens qui siègent dans l'administration ont toujours leurs petits préjugés. J'ai décidé d'intervenir, d'aller voir ce qui se passait. Je sentais que les agissements de Matthias avaient un lien avec Gretl Moser, mais je ne voyais pas lequel. Mon ignorance me rendait furieux, me déstabilisait, et la curiosité criminologique s'en mêlait. En homme de l'ordre, j'avais la ferme intention d'y voir clair dans ce petit jeu.

24

“JE me suis mis en route. Seul dans ma voiture. C’était un dimanche, encore un, et en y repensant aujourd’hui, j’ai l’impression que beaucoup de choses cruciales dans cette histoire se sont passées un dimanche. Partout des carillons, un énorme grondement, on aurait dit que tout le pays était en fanfare ; et comme si ça ne suffisait pas, je me suis retrouvé coincé dans une procession quelque part dans le canton de Schwytz. Un défilé ininterrompu de voitures sur la route, une cascade de prêches à la radio. Et ensuite, un tintamarre indescriptible qui résonnait depuis les stands de tir de chaque village que je longeais : ça pétait, fusait, canardait dans tous les coins. Tout était en proie à un désordre aberrant et monstrueux, toute la Suisse alémanique avait l’air de s’être mise en branle ; plus loin, une course automobile, et puis tout un cortège de voitures romandes ; ça débarquait par familles entières, des smalas au grand complet traversaient le paysage, et quand j’ai fini par atteindre la station-service, celle que vous avez vue tout à l’heure, j’étais déjà épuisé par tout ce foutu boucan dominical. J'ai inspecté les lieux. La station ne faisait pas la même impression d'abandon, à l'époque. Au contraire, elle était accueillante, tout était propre, il y avait des géraniums aux fenêtres. Et pas encore d'auberge. Tout avait l'air solide, petit-bourgeois. Mais il y avait aussi tous ces objets, semés un peu partout le long de la route, qui signalaient la présence d'un enfant : une balançoire, une grosse maison de poupée sur un banc, une petite voiture, un cheval à bascule. Quand je suis descendu de mon Opel, Matthias était justement en train de servir un client, qui ne tarda pas à déguerpir avec sa Volkswagen. Une petite fille se tenait près de lui, sept ou huit ans, une poupée dans les bras. Elle avait des tresses blondes et une petite robe rouge. J'eus l'impression de la connaître, sans savoir pourquoi d'ailleurs, car elle ne ressemblait pas du tout à Mme Heller.

— C'était Meier-le-Rouge, dis-je en levant le bras vers la Volkswagen qui s'éloignait. Seulement un an qu'il est dehors.

— Essence ? demanda Matthias, l'air nonchalant.

Il portait une combinaison bleue.

— Du super.

Matthias remplit le réservoir, nettoya la vitre.

— Quatorze trente.

Je lui mis quinze.

— Ça ira, lui dis-je quand il voulut me rendre la monnaie, et je rougis aussitôt. Pardon, Matthias, hein, ça m'a échappé.

— Mais je vous en prie, répondit-il en empochant l'argent, je suis habitué.

J'étais gêné, je regardais encore la fille.

— Jolie, cette petite, dis-je.

Matthias ouvrit la porte de ma voiture.

— Je vous souhaite bonne route.

— Mouais, grommelai-je, sauf que je suis venu ici pour vous parler. Bon sang, Matthias, c'est quoi, ce cirque ?

— J'ai promis de ne plus vous fatiguer avec l'affaire Gretl Moser, commandant. Rendez-moi la pareille et ne venez pas me fatiguer ici, répondit-il avant de me tourner le dos.

— Trêve d'enfantillages, Matthias, rétorquai-je.

Il ne répondit rien. D'autres coups de feu se mirent à crépiter. Il devait y avoir un stand de tir pas loin. On allait sur les onze heures. Matthias servit une Alfa Romeo.

— Encore un qui a tiré ses trois ans, remarquai-je en regardant s'éloigner la voiture. Vous ne voulez pas qu'on rentre ? Ces coups de pétard me rendent nerveux. Je ne les supporte pas.

Il m'emmena à l'intérieur. Mme Heller apparut dans le couloir, remontant de la cave avec des patates. C'était encore une belle femme, et en tant que fonctionnaire de la police judiciaire, j'étais un peu gêné, j'avais mauvaise conscience. Elle nous lança un regard interrogateur, sembla inquiète, mais finit par me saluer amicalement, me faisant plutôt bonne impression.

— Elle est à vous, cette gamine ? demandai-je une fois que la petite dame eut disparu dans la cuisine.

Matthias acquiesça.

— Mais où avez-vous dégoté la Heller ? demandai-je.

— Pas loin. Elle travaillait à la tuilerie.

— Et qu'est-ce qu'elle fait là ?

— Eh bien, répondit Matthias, il fallait bien que j'engage quelqu'un pour s'occuper de la maison.

Je secouai la tête.

— Je dois vous parler en privé.

— Va à la cuisine, Annemarie, ordonna Matthias.

La fille sortit.

La pièce était modeste, mais propre. Il m'indiqua une table près de la fenêtre. Dehors, ça torpillait sévère. Salve sur salve.

— Enfin, Matthias, répétai-je, c'est quoi, ce cirque ?

— C'est très simple, commandant, répondit mon ancien commissaire. Je guette le poisson.

— Comment ça, vous guettez le poisson ?

— Travail criminologique, commandant.

J'allumai rageusement un Bahianos.

— Je ne suis pas un débutant, mais là, j'avoue que je n'y comprends rien.

— Donnez-m'en un aussi.

— Tenez, dis-je en lui passant l'étui.

Matthias alla chercher du schnaps. On était installés au soleil, près de la fenêtre entrouverte et des géraniums ; la douceur de juin s'épanouissait au-dehors, et la canonnade. Il était presque midi, et les rares fois où une voiture s'arrêtait, c'était Mme Heller qui servait.

— Lohrer vous a rapporté notre conversation, dit Matthias après avoir soigneusement allumé son Bahianos.

— Ça ne nous a pas avancés à grand-chose.

— Moi, si.

— Dans quelle mesure ?

— Le dessin correspond à la réalité, dit-il.

— Soit. Mais dans ce cas, que signifient les hérissons ?

— Je cherche encore, répondit Matthias, mais j'ai découvert ce que représente l'animal avec les drôles de cornes.

— Et ?

— C'est un bouquetin, annonça tranquillement Matthias en tirant sur son cigare, avant de recracher un gros nuage de fumée.

— C'est pour ça que vous êtes allé au zoo ?

— Des journées entières, répondit-il. J'ai aussi demandé à des enfants de dessiner des bouquetins. Et leurs dessins ressemblaient à celui de Gretl Moser.

Je finis par comprendre.

— Le bouquetin est l'emblème des Grisons, dis-je. Le blason de cette région.

— Et Gretl l'a vu sur la plaque d'immatriculation de la voiture, renchérit Matthias.

Ça tombait sous le sens.

— On aurait pu y penser depuis le début, maugréai-je.

Matthias fixait son cigare, regardait la cendre se consumer, suivait des yeux la fumée légère.

— L'erreur que nous avons commise, vous, Henzi et moi, dit-il sans hausser la voix, c'était de partir du principe que l'assassin agissait depuis Zurich. En fait, il vient des Grisons. J'ai étudié les différents lieux où les meurtres ont été commis, ils sont tous sur la ligne qui relie les Grisons à Zurich.

Je considérai la chose. Et je fus obligé d'avouer :

— Il y a peut-être du vrai là-dedans, Matthias.

— Mais ce n'est pas tout.

— Quoi ?

— J'ai rencontré des petits pêcheurs.

— Des petits pêcheurs ?

— Enfin, des gamins qui pêchaient à la ligne.

Je le dévisageai, interdit.

— Vous voyez, dit-il, après ma découverte, j'ai commencé par me rendre dans les Grisons. Logique. Mais je n'ai pas tardé à voir que mon entreprise était absurde. Le canton est immense, et comment voulez-vous retrouver un homme dont on sait seulement qu'il doit être grand et conduire une vieille américaine noire. Plus de 7000 kilomètres carrés, plus de 130 000 habitants éparpillés dans d'innombrables vallées – autant chercher une aiguille dans une botte de foin. Mais un jour qu'il faisait froid, j'étais là, assis au bord de l'Inn, en Engadine, à observer des gamins qui s'activaient près de l'eau. J'étais sur le point de partir quand j'ai remarqué que les garçons me fixaient avec insistance. Ils avaient l'air effrayés, n'osaient plus bouger. L'un d'eux avait une canne artisanale. "Continue à pêcher", je lui ai dit. Mais les garçons ne me lâchaient pas des yeux, ils se méfiaient. "Z'êtes de la police ?" m'a demandé un petit rouquin, douze ans environ, avec des taches de rousseur. Et moi : "J'ai l'air d'être de la police ?" "Ben, j'en sais rien", a répondu le gosse. Je lui ai dit que je n'étais pas de la police. Ensuite, je les ai regardés lancer leurs hameçons dans l'eau. Ils étaient cinq, captivés par ce qu'ils faisaient. "Ça mord pas", a soupiré le rouquin au bout d'un moment, résigné, et il a grimpé sur le talus pour me rejoindre. "Z'auriez pas une clope ?" il m'a demandé. "T'es marrant, toi, je lui ai dit, à ton âge." "Ouais, mais je parie que vous êtes prêt à m'en donner une", a fait le gamin. "Je suis bien obligé", je lui ai répondu en lui tendant mon paquet de Parisiennes. "Merci, a dit le rouquin, j'ai déjà du feu." Et il s'est mis à recracher la fumée par le nez, avant de déclarer, crâneur : "Ça fait du bien, après le fiasco de notre pêche." "En tout cas, je lui ai dit, tes copains ont l'air d'être plus patients que toi. Ils ont continué, et sûrement qu'ils vont pas tarder à prendre quelque chose." "Ils prendront rien, m'a affirmé le gamin, un ombre, à la rigueur." À quoi j'ai répondu, pour le taquiner : "Mais toi, tu préférerais un brochet, pas vrai". "Les brochets m'intéressent pas, a répondu le gamin. Moi, c'est les truites. Question d'argent." "Pourquoi ?" J'étais étonné. "Quand j'étais petit, je les chopais avec la main." Et il a secoué la tête, l'air méprisant. "Mais c'était des bébés. Allez choper un prédateur adulte avec la main. Les truites c'est des prédatrices, comme les brochets, mais elles sont plus dures à attraper. Pour ça, il faut une licence, et ça, ça coûte bonbon", a ajouté le gamin. "Bah, de toute façon, vous faites ça sans argent", je lui ai dit en riant. "Sauf que comme ça, a expliqué le gamin, on peut pas aller aux bons endroits. Là où vont ceux qu'ont une licence." "Qu'est-ce que c'est, pour toi, les bons endroits ?" je lui ai demandé. Et lui : "Apparemment, vous y connaissez rien à la pêche." J'étais bien forcé de l'avouer. On était côte à côte sur la berge. "Vous pensez sûrement qu'il suffit de lancer sa ligne n'importe où ?" il a continué. J'étais un peu étonné, je lui ai demandé ce qu'il y avait de mal à ça. "L'erreur du débutant", m'a répondu le rouquin en soufflant sa fumée par le nez. "À la pêche, il faut surtout connaître deux choses : l'endroit et l'appât." J'ai tendu l'oreille. "Partons du principe que vous voulez attraper une truite, une prédatrice adulte. Il faut d'abord que vous vous demandiez où votre poisson préfère aller. Et il préfère aller quelque part où il est protégé du courant, c'est évident, mais aussi quelque part où il y a beaucoup de courant, parce qu'il aura beaucoup de petits poissons qui passeront par-là, donc le mieux, c'est un peu en aval derrière une grosse pierre, ou encore mieux : en aval derrière le pilier d'un pont. Sauf que malheureusement, ce genre d'endroit est occupé par ceux qu'ont des licences." "Il faut couper le courant", je lui ai dit. Et lui, tout fier : "Vous avez compris le truc." "Et l'appât ?" "Alors là, ça dépend si vous voulez attraper un prédateur, ou par exemple un ombre ou une anguille, eux, c'est des végétariens. L'anguille, par exemple, vous pouvez l'attraper avec une cerise. Mais un prédateur, une truite ou bien une perche, vous devez l'appâter avec quelque chose de vivant. Avec une mouche, un ver ou un petit poisson." "Quelque chose de vivant", j'ai répondu, songeur, et je me suis levé. "Tiens, j'ai dit au rouquin en lui offrant tout mon paquet de Parisiennes. Tu l'as bien mérité. Maintenant, je sais comment je dois attraper mon poisson. D'abord je dois chercher l'endroit, et ensuite l'appât."

Matthias s'interrompit. Je me tus pendant un long instant, les lèvres trempées dans mon schnaps, le regard perdu au-dehors, dans cette lumière de début d'été, ça pétaradait toujours, et j'ai rallumé mon cigare.

— Matthias, ai-je fini par dire, ça y est, je comprends votre histoire de pêche. Cette station-service est l'endroit propice, et cette route, c'est la rivière, pas vrai ?

Il resta impassible.

— Les automobilistes qui veulent rejoindre Zurich depuis les Grisons sont obligés de la prendre s'ils veulent éviter le raccourci par le col de l'Oberalp, répondit-il tranquillement.

— Et la petite, c'est l'appât, prononçai-je en frissonnant.

— Elle s'appelle Annemarie, dit Matthias.

— Et maintenant, je vois aussi à qui elle ressemble : à Gretl Moser, la petite morte.

Nouveau silence. Dehors, la température augmentait, les montagnes vibraient dans l'air vaporeux, la fusillade continuait, ça devait être la fête au club de tir.

— Vous n'avez pas l'impression de commettre une diablerie ? finis-je par lui demander d'une voix hésitante.

— Possible, dit-il simplement.

— Si je comprends bien, vous avez l'intention d'attendre que l'assassin passe le long de cette route, qu'il voie Annemarie et tombe dans le piège que vous lui avez tendu ? fis-je, préoccupé.

— L'assassin *doit* passer le long de cette route, répondit-il.

Je réfléchis quelques instants, et je repris :

— Bien, partons du principe que vous avez raison. L'assassin existe. On ne peut pas totalement l'exclure. Tout arrive, dans le métier. Mais vous ne croyez pas que votre méthode est trop osée ?

— C'est la seule méthode, dit-il en jetant son mégot par la fenêtre. J'ignore tout de l'assassin. Je n'ai aucun moyen de le chercher. Alors, c'est sa prochaine victime que j'ai dû dénicher, une petite fille, et cette fille, je dois l'utiliser comme appât.

— Très bien, dis-je, mais vous avez calqué cette méthode sur celle de la pêche à la ligne. L'une n'équivaut pas exactement à l'autre. Vous ne pouvez pas garder votre fillette, votre appât, au bord de la route toute la sainte journée, il faut bien qu'elle aille à l'école, cette gamine, elle n'a peut-être pas envie de rester là pour toujours, au bord de votre maudite route cantonale.

— Les grandes vacances approchent, répondit Matthias sans en démordre.

Je hochai la tête en rétorquant :

— J'ai bien peur que vous soyez en train de vous enferrer dans votre idée. Vous ne pouvez quand même pas rester ici en attendant le fameux événement, qui n'arrivera peut-être jamais. Certes, il est plus que probable que l'assassin passera par là, mais rien ne dit qu'il mordra à l'hameçon, pour reprendre votre comparaison. Et vous restez là, à attendre, attendre…

— Les pêcheurs aussi doivent attendre, dit Matthias, obstiné.

Jetant un regard par la fenêtre, je vis Mme Heller qui servait Oberholzer. Six ans de cabane à Regensdorf, en tout et pour tout.

— La Heller sait pourquoi vous êtes là, Matthias ?

— Non, répondit-il. Je lui ai simplement expliqué que j'avais besoin d'une femme pour tenir la maison.

Tout ça ne sentait pas bon. Certes, le bonhomme m'en imposait, sa méthode était inhabituelle, elle avait quelque chose de grandiose. Je l'admirais soudain, je souhaitais qu'il réussisse, même si ce n'était peut-être que pour humilier cette enflure de Henzi ; mais en même temps, son entreprise me semblait sans issue, le risque était trop grand, les chances de victoire trop minces.

— Matthias, tentai-je encore pour le ramener à la raison, il est toujours temps pour vous d'accepter le poste en Jordanie, sinon, les Bernois leur enverront Schafroth.

— Qu'il y aille.

Je n'étais pas prêt à baisser les bras.

— Que diriez-vous de reprendre du service chez nous ?

— Non.

— On commencerait par vous engager au bureau intérieur, aux conditions d'avant.

— Je n'ai pas envie.

— Vous pourriez aussi passer à la municipale. Vous feriez mieux d'y réfléchir à deux fois, ne serait-ce que financièrement.

— Mon activité de pompiste me rapporte déjà presque plus que dans la fonction publique, répondit Matthias. Mais voilà un client, et Mme Heller va devoir s'occuper de son rôti de porc.

Il se leva, sortit. Le prochain client arrivait déjà. Leo Belle-Gueule. Le temps qu'il le serve, et j'étais déjà dans ma voiture.

— Matthias, dis-je en le saluant, on ne peut vraiment plus rien faire pour vous.

— C'est ainsi, répondit-il en m'indiquant que la voie était libre.

La petite fille en robe rouge l'avait rejoint, Mme Heller restait campée derrière eux, en tablier sur son seuil, la méfiance brillait à nouveau dans son regard. Et j'ai remis le cap sur Zurich.

25

"Donc, il a commencé à attendre. Avec acharnement, obstination, avec passion. Il servait ses clients, faisait son boulot : plein d'essence, vérification de l'huile et de l'eau, nettoyage des vitres, toujours les mêmes gestes mécaniques. Quand elle revenait de l'école, la fillette restait près de lui ou de sa maison de poupée, trottinant, sautillant, ouvrant de grands yeux, chantonnant toute seule, quand elle n'était pas sur la balançoire, ses tresses valdinguant sur sa petite robe rouge. Il attendait. Les voitures passaient, de toutes les couleurs et de tous types, des vieilles, des neuves. Il attendait. Il notait les numéros des voitures immatriculées dans les Grisons, cherchait leurs propriétaires dans l'annuaire, demandait des renseignements sur eux par téléphone dans les mairies. Mme Heller travaillait dans une petite usine près du village, à flanc de montagne, et elle rentrait le soir en franchissant la petite colline derrière la maison, son cabas et son filet remplis de pain, et des rôdeurs erraient parfois autour de la bicoque pendant la nuit, on entendait des sifflets discrets, mais elle n'ouvrait pas. Et ce fut l'été, un été torride, sans fin, vibrant, pesant, ponctué de violents orages, et les grandes vacances arrivèrent. La chance de Matthias était là. Maintenant, Annemarie restait toujours avec lui, et donc au bord de la route, exposée aux regards de tous ceux qui passaient par là. Il ne faisait plus qu'attendre. Il jouait avec la petite, lui racontait des histoires, il épuisa les contes de Grimm, ceux d'Andersen, les *Mille et une nuits*, en inventa lui-même, fit l'impossible pour arrimer la fille à lui, à la route, car il fallait qu'elle reste là. Et elle resta, elle aimait ses histoires et ses contes. Les automobilistes regardaient ce petit couple avec étonnement, ou émotion, touchés par cette idylle, un père et sa fille, ils lui offraient du chocolat, bavardaient avec Matthias, et lui les écoutait très attentivement. Cette armoire à glace pouvait-il être le tueur d'enfants ? Sa voiture venait des Grisons. Ou ce type long et sec, qui bavardait avec Annemarie ? Gérant d'une confiserie à Disentis, Matthias l'avait déjà identifié depuis longtemps.

— Bon niveau d'huile ? Je vous en prie. Vous remets un demi-litre. Vingt-trois dix. Bon voyage, m'sieur.

Il attendait. Annemarie l'aimait, elle était heureuse avec lui ; mais lui n'avait qu'une seule chose à l'esprit, l'apparition de l'assassin. Il n'y avait plus rien pour lui que cette foi en son apparition, plus rien que cet espoir, ce désir lancinant, cet exaucement. Il s'imaginait comment l'homme arriverait, d'une démarche pesante, gauche et enfantine, confiant, débordant d'envies meurtrières, ses visites répétées à la station, toujours un sourire jovial étalé sur le visage, en habits noirs, un cheminot à la retraite, mettons, ou un douanier qui avait fait son temps ; comment la fillette se laisserait amadouer, petit à petit, comment il les suivrait furtivement dans les bois, derrière la station, courbé, comment il courrait vers eux à l'instant crucial, puis la lutte sanglante entre les deux hommes, la décision, la délivrance, et l'assassin étendu sous ses yeux, anéanti, gémissant, avouant tout. Mais ensuite, il se disait pour la énième fois que tout cela était impossible, car il surveillait la petite de trop près ; il fallait qu'il lui laisse plus de liberté s'il voulait arriver à un résultat. Alors, il permit à Annemarie de s'éloigner de la route, mais il se mit à la suivre en secret, abandonnant la station devant laquelle la file des voitures s'allongeait, les klaxons rageaient. La petite sautillait alors jusqu'au village, un chemin d'une demi-heure, elle jouait avec les gamins près des fermes ou à la lisière du bois, mais elle revenait toujours au bout d'une heure ou deux. Elle était farouche, habituée à sa solitude. Et les autres enfants l'évitaient. Alors, il changea de tactique, inventa de nouveaux jeux, de nouveaux contes, attira encore Annemarie à lui. Il attendait. Avec fermeté, opiniâtreté. Sans donner d'explication. Car Mme Heller avait remarqué depuis longtemps l'attention qu'il portait à la gamine. Elle n'avait jamais cru que Matthias l'avait engagée à son service par bienveillance. Elle devinait qu'il manigançait quelque chose, mais elle se sentait bien avec lui, peut-être pour la première fois de sa vie, et elle cessa d'y penser ; peut-être qu'elle avait aussi certains espoirs, qui sait ce qui peut bien traverser une pauvre femme ; quoi qu'il en soit, plus le temps passait, plus elle prenait l'intérêt que Matthias portait à son enfant pour une réelle affection, même si parfois sa vieille méfiance et son vieux sens des réalités la reprenaient.

— Monsieur Matthias, dit-elle un jour, ça me regarde peut-être pas, mais est-ce que c'est à cause de moi que le commandant de la police cantonale est venu ?

— Mais non, répondit Matthias, pourquoi viendrait-il à cause de vous ?

— Les gens parlent sur nous, au village.

— C'est sans importance.

— Monsieur Matthias, reprit-elle, c'est à cause d'Annemarie que vous êtes ici ?

— Ne dites pas n'importe quoi, rit-il. Je l'aime, cette petite, c'est tout, madame Heller.

— Vous êtes bons pour moi et Annemarie, répondit-elle. Mais j'aimerais bien savoir pourquoi.

Et ce fut la fin des grandes vacances ; l'automne arriva, le paysage prit du relief, se teinta de jaune et d'ocre, comme sous une immense loupe. Matthias avait l'impression qu'une occasion en or lui était passée sous le nez ; mais il attendait encore. Inflexible, acharné. La petite allait à l'école à pied, et lui allait le plus souvent à sa rencontre le midi et le soir, en voiture. Son projet lui paraissait de plus en plus absurde, impossible, les chances de succès étaient de plus en plus minces, il le savait pertinemment ; combien de fois, se disait-il, l'assassin a dû passer devant la station-service, chaque jour peut-être, en tout cas chaque semaine, et rien à signaler, il continuait de tâtonner dans le noir, aucun indice n'était apparu, pas même la trace d'un soupçon, rien que le va-et-vient des automobilistes qui bavardaient parfois avec la fille en toute innocence, sans raison, sans motif précis. Lequel d'entre eux était celui qu'on recherchait, était-il seulement parmi eux ? Mais son insuccès pouvait être dû au fait que beaucoup de monde connaissait son ancien métier ; ça, impossible de l'éviter, et il ne l'avait pas prévu. Mais il continua : il attendait. Il n'y avait plus de retour en arrière ; l'attente était la seule méthode, même si ça l'éreintait, même s'il était parfois à deux doigts de faire sa valise et de déguerpir, de fuir, en Jordanie ou n'importe où ; même si, parfois, il craignait de perdre la raison. Et il y avait des heures, des jours où il devenait indifférent, apathique, cynique, où il laissait les choses suivre leur cours, affalé sur son banc devant la station, buvant schnaps sur schnaps, les yeux dans le vague, des mégots sous les pieds. Il se ressaisissait alors, mais replongeait toujours plus loin dans son indifférence, passait des journées, des semaines à somnoler, à patauger dans cette attente absurde, terrible. Perdu, accablé, désespéré et pourtant débordant d'espoir. Mais un jour qu'il était là, tassé sur son banc, la face hirsute, las et luisant d'huile, il eut un sursaut. Il prit brusquement conscience qu'Annemarie n'était pas encore rentrée de l'école. Il partit à pied. La route poussiéreuse, non goudronnée, montait légèrement derrière la maison, puis redescendait en passant par une petite plaine desséchée et traversait la forêt ; de l'autre côté, à l'orée des bois, on apercevait le village au loin, les vieilles bâtisses blotties contre l'église, la fumée bleue qui montait des cheminées. Depuis cet endroit, on voyait aussi le chemin qu'Annemarie prenait pour rentrer, mais il ne la vit nulle part. Matthias se retourna vers la forêt, soudain très éveillé, aux aguets ; des sapins bas, des buissons, des feuilles mortes frémissant sur le sol, rouges et cuivrées, les petits coups d'un pic en écho, et derrière, des sapins plus hauts faisant écran devant le ciel et laissant filtrer de fins rayons de soleil. Matthias quitta le sentier et se fraya un chemin à travers les épines, le sous-bois ; les branches lui griffaient le visage. Il arriva au bord d'une clairière, regarda autour de lui, étonné, il ne l'avait jamais remarquée. Un large chemin y débouchait depuis l'autre côté de la forêt, il devait servir à acheminer les déchets du village, car il y avait un monticule de cendres dans la clairière, semé de boîtes de conserve, de vieux fils rouillés et d'ordures, une petite décharge dont le bord s'inclinait vers le ruisseau qui gargouillait au milieu de la clairière. C'est alors que Matthias aperçut la petite. Elle était assise au bord du filet d'eau argentée, avec sa poupée et son cartable.

— Annemarie, cria Matthias.

— J'arrive, répondit la petite fille, sans se lever pour autant.

Matthias grimpa prudemment par-dessus le tas d'ordures et s'arrêta face à la petite.

— Mais qu'est-ce que tu fais là ? demanda-t-il.

— J'attends.

— Tu attends qui ?

— Le magicien.

La tête de la petite était bourrée de contes ; elle attendait tantôt une fée, tantôt un magicien ; c'était comme si elle se moquait de son attente, à lui. Le désespoir le reprit, la conscience de l'inutilité de ses actions, la certitude paralysante qu'il devait quand même attendre, car il ne pouvait plus rien faire qu'attendre, attendre, attendre.

— Allez, viens, dit-il avec indifférence en prenant la petite par la main.

Il retraversa la forêt avec elle et retourna s'avachir sur son banc, les yeux perdus dans le lointain. Vint le crépuscule, la nuit ; il ne se souciait plus de rien ; il restait là, à fumer, à attendre, attendre, comme un robot, borné, acharné, chuchotant seulement parfois, appelant sans même le remarquer : "Allez, viens, allez, viens, viens", immobile sous le clair de lune blafard, et il finit par s'endormir brutalement, se réveilla à l'aube, engourdi, se traîna jusqu'à son lit.

Mais le lendemain, Annemarie revint de l'école un peu plus tôt que les autres jours. Matthias avait à peine eu le temps de se lever de son banc pour aller récupérer la petite qu'elle était déjà là, le cartable sur le dos, chantonnant toute seule et sautillant d'un pied sur l'autre. Sa poupée pendouillait à sa main, les petits pieds raclant le sol.

— Tu as des devoirs ? demanda Matthias.

Annemarie fit non de la tête, sans s'arrêter de chanter : "Marie assise sur une pierre", et entra dans la maison. Il n'essaya même pas de la retenir, il était trop désespéré, trop désemparé, trop éreinté pour lui raconter une autre histoire, pour l'attirer par d'autres jeux.

Mais quand Mme Heller revint de l'usine, elle demanda :

— Annemarie a été sage ?

— Mais elle était à l'école, répondit Matthias.

— À l'école ? Elle n'avait pas école aujourd'hui, les instits avaient leur réunion, quelque chose comme ça, répondit Mme Heller, l'air surpris.

Ce fut comme si Matthias se réveillait en sursaut. La déception des dernières semaines avait disparu d'un seul coup. Il sentait que ses espoirs allaient être comblés, que ses attentes, si insensées soient-elles, n'étaient pas loin de se réaliser. Il eut du mal à garder son sang-froid. Il ne demanda rien de plus à Mme Heller. Il ne retourna pas questionner la petite. Mais le lendemain après-midi, il alla au village et gara la voiture dans une ruelle. Il avait décidé d'observer la petite à la dérobée. Il était presque quatre heures. Des chants lui parvenaient depuis les fenêtres, puis ce furent des cris, les écoliers sortirent, tout excités, les gamins se battaient, les cailloux volaient, les filles batifolaient, bras dessus, bras dessous ; mais Annemarie n'était pas avec elles. L'institutrice sortit à son tour, réservée, toisant sévèrement Matthias. Elle lui dit qu'Annemarie ne s'était pas présentée à l'école, lui demanda si elle était malade, elle n'était pas venue hier après-midi non plus, et elle n'avait pas de mot d'excuse. Matthias répondit que la petite était effectivement malade, il la salua et prit la route de la forêt, comme possédé. Il se rua vers la clairière ; rien. Épuisé, haletant, égratigné à cause des épines, il retourna à la voiture et se dirigea vers la station-service, mais avant de l'avoir atteinte, il aperçut la petite devant lui, qui sautillait le long de la route. Il s'arrêta, ouvrit la portière.

— Monte, Annemarie, dit-il gentiment.

Matthias tendit la main à la petite, qui grimpa dans la voiture. Il se figea. La main de la petite était toute poisseuse. Et en regardant ses doigts, il vit des traces de chocolat.

— Qui t'a donné du chocolat ? demanda-t-il.

— Une copine, répondit Annemarie.

— À l'école ?

Annemarie hocha la tête. Matthias ne dit rien. Il gara la voiture devant la maison. Annemarie sauta dehors et alla s'asseoir sur le banc près de la station. Matthias l'observait du coin de l'œil. La gamine glissa quelque chose dans sa bouche, se mit à mâcher. Il s'approcha, l'air de rien.

— Fais voir, dit-il en ouvrant doucement le petit poing.

Les doigts d'Annemarie renfermaient une petite boule en chocolat à moitié croquée, avec de petites épines. Une truffe.

— Tu en as d'autres ? demanda Matthias.

Elle fit non de la tête. Le commissaire plongea la main dans la poche de sa robe, saisit le mouchoir, l'ouvrit ; deux autres truffes.

La petite ne dit rien. Matthias non plus. Un bonheur ineffable le submergeait. Il s'assit près d'elle.

— Annemarie, finit-il par demander, et sa voix tremblait tandis qu'il contemplait toujours les deux boules pointues dans le creux de sa paume. C'est le magicien qui te les a données ?

Elle ne répondit pas.

— Il t'a interdit de parler de vous deux, pas vrai ? demanda Matthias.

Pas de réponse.

— Tu n'es pas obligée, dit Matthias avec douceur. C'est un gentil magicien. Tu n'as qu'à retourner le voir demain.

La petite rayonna tout à coup, elle serra Matthias dans ses bras, brûlante d'émotion, et grimpa quatre à quatre les escaliers qui menaient à sa chambre.

26

“Le lendemain matin à huit heures, j’étais à peine arrivé au bureau que Matthias fit irruption dans la pièce et posa les truffes sur ma table ; il était si exalté qu’il en oublia presque de me saluer. Il portait son ancien costume, mais sans cravate, et il était toujours aussi hirsute. Il prit un cigare dans la boîte que je poussais vers lui, se dépêcha de tirer plusieurs bouffées.

— Que voulez-vous que je fasse de ces chocolats ? demandai-je, perplexe.

— Les hérissons, répondit Matthias.

Je le dévisageai, surpris, tournant et retournant les petites boules noires entre mes doigts.

— Comment ça ?

— C’est très simple, expliqua-t-il, l’assassin a donné des truffes à Gretl Moser, et elle en a fait des hérissons. J’ai décrypté le dessin.

— Et comment comptez-vous le prouver ? fis-je en lui riant au nez.

— Eh bien, c’est la même chose avec Annemarie, répondit-il avant de me raconter toute l’histoire.

Je le crus immédiatement. Je fis venir Henzi, Feller et quatre autres agents, donnai mes instructions, mis le procureur au courant. Et l'équipe prit la route.

Personne à la station-service. Mme Heller avait emmené la petite à l'école avant d'aller à l'usine.

— La Heller sait ce qui s'est passé ? demandai-je.

Matthias secoua la tête.

— Elle ne se doute de rien.

Tout le monde se précipita à la clairière. Elle fut fouillée soigneusement, mais sans succès. Ensuite, les hommes se séparèrent. Midi approchait ; Matthias retourna à la station, histoire de ne pas éveiller les soupçons. C'était un bon jour, un jeudi. La petite n'avait pas école l'après-midi ; je me souvins brusquement que Gretl Moser aussi avait été assassinée un jeudi. C'était une claire journée d'automne, chaude et sèche, partout le vrombissement des abeilles, des guêpes et d'autres insectes, des piaillements d'oiseaux, et des coups de hache qui résonnaient de très loin. Deux heures, les cloches de l'église tintèrent très nettement, et la petite fille apparut, me passa sous le nez, traversant tranquillement le sous-bois, sautillant, bondissant, se dirigeant vers le petit ruisseau avec sa poupée ; elle s'assit, riva les yeux à la forêt et ne les en détacha plus. Elle restait là, à l'affût, les yeux brillants, comme si elle attendait quelqu'un. Nous étions hors de son champ de vision, cachés derrière les arbres et les buissons. Matthias revint sans faire de bruit et s'appuya à un tronc près du mien.

— À mon avis, il sera là dans une demi-heure.

J'acquiesçai.

Tout était réglé comme du papier à musique. L'accès à la forêt depuis la cantonale était surveillé, on avait même un émetteur radio sur place. On avait tous nos revolvers. La petite restait assise là, au bord du ruisseau, presque immobile, en proie à une attente étonnée, angoissée, émerveillée, tournant le dos au tas d'ordures ; tantôt au soleil, tantôt dans l'ombre d'un des grands sapins sombres ; tout était silencieux, hormis le ronronnement des insectes et les trilles des oiseaux ; et on entendait parfois la gamine chantonner, de sa petite voix fluette : "Marie assise sur une pierre", inlassablement, toujours les mêmes mots, les mêmes vers ; et autour de la pierre sur laquelle elle était assise s'empilaient les vieilles boîtes de conserve, les bidons et les fils de fer rouillés ; et parfois, le vent soufflait brusquement sur la clairière en grandes bourrasques, faisant danser et frissonner les feuilles mortes, puis c'était le silence. Et l'attente. Il n'y avait plus rien au monde, pour nous, que cette forêt ensorcelée par l'automne, cette petite fille en robe rouge au milieu de la clairière. Nous attendions l'assassin, déterminés, avides de justice, de sanction, d'expiation. La demi-heure était passée depuis longtemps ; nous étions déjà là depuis une heure. À attendre. Nous attendions maintenant comme Matthias avait attendu pendant des semaines, pendant des mois. Cinq heures sonnèrent ; les premières ombres, puis le crépuscule, et le pâlissement, l'estompement de toutes les couleurs vives. La petite quitta la clairière en sautillant. Personne ne dit un mot, même pas Henzi.

— On revient demain, décidai-je, on va passer la nuit à Coire. Au Bouquetin.

Et ce fut la même attente le vendredi, la même attente le samedi. À vrai dire, j'aurais dû mettre la police grisonne sur le coup. Mais c'était notre affaire. Je refusais de donner des explications, je voulais éviter toute intervention extérieure. Le procureur avait appelé dès le jeudi soir, outré, protestant contre cette folie, me menaçant, pestant enfin et exigeant notre retour. Je suis resté inflexible, je lui ai fait comprendre que nous allions rester, j'ai accepté de renvoyer un seul policier. Et nous avons attendu. Ce n'était plus la petite qui nous importait, ce n'était plus l'assassin, non, c'était Matthias, il fallait que cet homme ait raison, qu'il atteigne son but, ou un malheur adviendrait ; tout le monde le sentait, même Henzi, qui se disait convaincu et affirma, le vendredi soir, que le mystérieux assassin viendrait le samedi, puisque nous tenions la preuve irréfutable, le hérisson, et puisque la gamine revenait toujours au même endroit, restait toujours assise là sans bouger, on voyait bien qu'elle attendait quelqu'un. Et nous attendions, à couvert derrière nos troncs, nos buissons, immobiles pendant des heures, sans lâcher la petite des yeux, fixant les boîtes de conserve, les spirales de fil de fer, la montagne d'ordures, fumant sans dire un mot, sans s'adresser une parole, sans bouger, écoutant la comptine, encore et encore, "Marie assise sur une pierre". Le dimanche, les choses se gâtèrent. La forêt fut envahie de promeneurs, à cause du beau temps qui se maintenait ; un chœur mixte débarqua d'on ne sait où en faisant un raffut pas possible ; en bras de chemise, suant à grosses gouttes, les chanteurs s'alignèrent dans la clairière face au chef, avant d'entonner à plein gosier : "Oui, ce qu'il aime, le meunier, c'est voyager." Heureusement que nous n'étions pas en uniforme derrière nos buissons et nos arbres. "Les cieux proclament la gloire de Dieu…", "et plus on marche et plus on sue" ; un peu plus tard, deux amoureux, qui n'y allaient pas de main morte, sans trop se soucier de la présence de la petite, toujours assise là dans son incompréhensible patience, son inconcevable espérance, depuis quatre après-midi déjà. Et pour nous, l'attente, toujours l'attente. Les trois policiers avaient déjà levé le camp, emportant le poste radio; nous n'étions plus que quatre: Matthias et moi, Henzi et Feller, et même cet effectif n'était plus défendable, mais on ne pouvait strictement parler que de trois après-midi d'attente, puisque le dimanche, le terrain aurait été trop incertain pour l'assassin; Henzi avait raison, et on s'est donc retrouvés à attendre aussi le lundi. Le mardi, c'est Henzi qui a jeté l'éponge. Il fallait bien que quelqu'un aille veiller rue de la Caserne. Mais même en partant, Henzi était toujours persuadé que nous touchions au but. Et l'attente a repris, l'attente, l'attente, l'affût, chacun pour soi désormais, car nous étions trop peu nombreux pour mettre en place une vraie organisation. Feller s'était posté derrière un buisson près du chemin forestier, à l'ombre, il somnolait dans la canicule d'automne, et à un moment il se mit à ronfler tellement fort que le vent porta l'écho de ses ronflements de l'autre côté de la clairière; c'était déjà le mercredi. Matthias était caché du côté de la lisière qui donnait vers la station-service, et je scrutais les lieux depuis l'autre côté, face à lui. Et nous restions là, l'oreille tendue, à attendre l'assassin, le gérisson, frémissant dès qu'une voiture passait sur la cantonale, la fillette face à nous, entre nous, qui venait s'asseoir chaque après-midi au bord du ruisseau et chantonnait, "Marie assise sur une pierre", têtue, mystérieuse, impénétrable; et nous qui commencions à l'exécrer, à la haïr. Parfois, bien sûr, elle mettait longtemps à retourner à la clairière, elle traînait près du village avec sa poupée, mais sans s'approcher trop près, puisqu'elle manquait l'école, ce qui n'avait pas été si facile à obtenir, j'avais même dû demander à parler avec l'institutrice, pour éviter que l'école cherche à savoir où était la gamine. J'avais évoqué la chose à mots couverts, je m'étais présenté, elle avait fini par me donner une autorisation hésitante. Et puis la petite faisait le tour de la forêt, on la suivait à la jumelle, mais elle revenait encore et toujours à la clairière – sauf le jeudi, où elle resta, à notre grand désespoir, près de la station-service. Que nous le voulions ou non, il fallait espérer que vendredi serait le bon jour. Et il fallait maintenant que je prenne une décision ; Matthias s'était déjà muré depuis longtemps dans son silence, il restait là, derrière son arbre, et il y resta aussi le lendemain, quand la petite réapparut en sautillant, avec sa robe rouge et sa poupée, et retourna s'asseoir exactement au même endroit que les jours précédents. Le superbe temps d'automne se maintenait, toujours aussi vigoureux, éclatant, invitant, une débauche de force avant la débandade ; mais le procureur ne put pas tenir une demi-heure de plus. Il était arrivé sur le coup des cinq heures, en voiture avec Henzi, sans s'annoncer, il débarqua sans cérémonie et vint se camper à côté de moi qui piétinais sur place depuis une heure de l'après-midi, et, rouge de fureur, il riva les yeux sur la petite, "Marie assise sur une pierre", toujours l'écho de sa voix fluette ; ça faisait déjà longtemps que je ne pouvais plus entendre cette comptine, ni voir la gamine, son horrible petite bouche édentée, ses petites tresses, sa petite robe rouge de mauvais goût ; je la trouvais repoussante, ordinaire, vulgaire, débile, j'aurais pu l'étrangler, la tuer, la déchiqueter, rien que pour ne plus devoir supporter sa comptine de petite attardée, “Marie assise sur une pierre”. C’était à se taper la tête contre les arbres. Tout était là devant nous, immuable, stupide, absurde, abject, il n’y avait que les feuilles qui s’empilaient en tas toujours plus épais, les coups de vent qui redoublaient peut-être d’intensité, et le soleil qui jetait une lumière de plus en plus cuivrée sur ce ridicule tas d’ordures ; ça devenait insoutenable, et là, le procureur fusa soudain vers la clairière, ce fut comme une délivrance, il traversa le sous-bois en arrachant les branches, courut droit vers la petite, ne remarquant même pas qu’il avait de la cendre jusqu’au mollet, et en le voyant foncer sur la gamine, on s’est tous précipités ; la comédie avait assez duré.

— Qui c’est que t’attends ? vociféra le procureur devant la petite, qui le regardait, terrorisée sur sa pierre, s’agrippant à sa poupée.

— Qui c’est que t’attends, tu vas répondre, oui, petite merdeuse ?

Tout le monde encerclait la petite, et elle nous dévisageait, les yeux écarquillés de terreur, d’épouvante, de pure incompréhension.

— Annemarie, dis-je, la voix tremblante de rage, il y a une semaine, quelqu’un t’a donné du chocolat. Tu dois forcément t’en souvenir, des boules en chocolat qui ressemblent à des petits hérissons. C’est un homme habillé en noir qui t’a donné ces chocolats ?

La petite ne répondit rien, elle me regardait simplement, les yeux pleins de larmes.

Matthias s’agenouilla près d’elle et posa les mains sur ses petites épaules.

— Écoute, Annemarie, lui expliqua-t-il, tu dois nous dire qui t'a donné ces chocolats. Tu dois bien nous décrire cet homme. J'ai connu une petite fille, poursuivit-il en martelant chaque mot, car il fallait jouer le tout pour le tout. J'ai connu une petite fille qui avait aussi une petite robe rouge comme toi, eh bien, cette petite fille, un grand monsieur habillé en noir lui a aussi donné du chocolat. Des petites boules pointues exactement comme celles que tu as mangées. Et après, la petite fille est allée avec le grand monsieur dans la forêt, et le grand monsieur a tué la petite fille avec un couteau.

Il s'interrompit. La petite ne répondait toujours pas, elle le regardait sans rien dire, les yeux écarquillés.

— Annemarie, cria Matthias, il faut que tu me dises la vérité. Tout ce que je veux, c'est qu'il ne t'arrive rien.

— Menteur, répondit la petite dans un souffle. Menteur.

Le procureur craqua une deuxième fois.

— Espèce de petite idiote, hurla-t-il en l'attrapant par le bras et en commençant à la secouer. Tu vas nous dire ce que tu sais !

Et tout le monde se mit à beugler avec lui, sans raison, simplement parce qu'on était à bout de nerfs, et la gamine fut secouée et tiraillée dans tous les sens, les coups se mirent à pleuvoir sur son petit corps qui restait planté là, dans les cendres, entre les boîtes de conserve et les feuilles cramoisies ; nous étions déchaînés, rien ne pouvait arrêter notre cruauté, notre colère, nos cris.

La petite subit nos fulminations pendant une éternité, sans ouvrir la bouche, même si cet ouragan ne dura sans doute que quelques secondes, et elle se mit soudain à hurler, d'une voix si terrifiante et inhumaine que nos corps se figèrent :

— Menteur, menteur, menteur !

Plus personne ne la touchait, ses cris nous avaient ramenés à la raison, la honte commençait à nous envahir, l'effroi de ce que nous venions de commettre. Et moi, haletant :

— Nous sommes des bêtes, des bêtes.

La petite traversa la clairière comme une flèche et s'enfonça dans la forêt. Elle criait toujours, "menteur, menteur, menteur", d'une voix si épouvantable que nous pensions qu'elle avait perdu l'esprit, mais elle alla tout droit dans les bras de Mme Heller, qui, comme si le désastre n'était pas encore assez total, venait d'apparaître au bord de la clairière. Il ne manquait plus qu'elle. Elle savait tout ; l'institutrice avait fini par vendre la mèche en voyant la Heller arriver à l'école ; j'avais deviné sans même avoir à demander. Et voilà que cette malheureuse était plantée là, face à nous, la petite sanglotant dans ses jupes, à nous percer du même regard que sa gamine quelques instants plus tôt. Elle nous connaissait tous, évidemment, Feller, Henzi, et aussi le procureur, hélas. La situation était gênante, grotesque, nous ne savions plus où nous mettre ; tout ça n'était qu'une farce minable, qu'un affligeant canular. "Menteur, menteur." Matthias s'approcha d'elles, maladroit, l'air résigné.

— Madame Heller, dit-il poliment, humblement, même.

Ce qui était vraiment absurde, car il n'y avait plus qu'une chose à faire, c'était d'en finir avec toute cette histoire, d'en finir à jamais, liquider l'affaire, laisser enfin tomber toutes ces combines, peu importe que l'assassin existe ou non.

— Madame Heller, j'ai constaté qu'un inconnu avait donné des chocolats à Annemarie. Je soupçonne qu'il s'agit de la même personne qui a attiré une petite fille dans une forêt il y a quelques semaines, avec du chocolat, et qui l'a tuée.

C'était dit d'un ton si précis et officiel que je dus réprimer un éclat de rire. La femme le regarda dans le blanc des yeux. Et elle demanda, sur le même ton neutre et poli :

— Commissaire Matthias, est-ce seulement pour retrouver cette personne que vous nous avez prises dans votre station-service, Annemarie et moi ?

— C'était le seul moyen, madame Heller, répondit le commissaire.

— Vous n'êtes qu'un salaud, répondit-elle calmement, sans rien laisser paraître.

Elle prit la petite par la main, s'enfonça dans la forêt et repartit vers la station-service.

27

“Elles nous avaient plantés là, au milieu de la clairière, déjà dans la pénombre, avec les vieilles boîtes de conserve et les fils de fer rouillés, les pieds dans la cendre et les feuilles mortes. Tout était fini, toute notre entreprise vidée de son sens, risible. Une débâcle, une catastrophe. Seul Matthias s’était ressaisi. Il se tenait bien droit, presque digne dans son bleu de travail. Il s’inclina juste devant le procureur, et je n’en crus pas mes yeux ni mes oreilles, quand il lui dit :

— Monsieur le procureur Burkhard, tout ce qu’il nous reste à faire, c’est d’attendre. C’est la seule solution. Attendre, attendre, et encore attendre. Mettez-moi à disposition six autres hommes et le poste radio, cela suffira.

Le procureur dévisagea mon ancien inférieur avec effroi. Il s’était attendu à tout, sauf à ça. Il était sur le point de nous dire le fond de sa pensée, mais voilà qu’il déglutit plusieurs fois, se passa la main sur le front, fit brusquement volte-face et repartit avec Henzi en piétinant furieusement dans les feuilles. Ils disparurent dans la forêt. Je fis un signe à Feller, qui leur emboîta le pas.

J'étais seul avec Matthias.

— Maintenant, écoutez-moi bien, criai-je, décidé à le ramener enfin à la raison, furieux d'avoir encouragé son délire et permis cette aberration. L'opération a échoué, il faut se rendre à l'évidence, nous avons attendu plus d'une semaine et personne n'est venu.

Matthias ne répondit rien. Il se contenta de balayer la clairière des yeux, attentif, toujours aux aguets. Puis il se dirigea vers l'orée des bois, fit le tour de la clairière, revint sur ses pas. Je n'avais pas bougé du tas d'ordures, j'étais toujours enfoncé dans la cendre.

— La fille l'attendait, dit-il.

Je hochai la tête, le contredis :

— La fille est venue ici pour être seule, pour s'asseoir au bord du ruisseau, pour rêver avec sa poupée et pour chanter "Marie assise sur une pierre". Mais quant à affirmer qu'elle attendait quelqu'un, c'est notre propre interprétation de l'incident.

Matthias m'écoutait attentivement.

— Quelqu'un lui a donné les hérissons, martela-t-il, toujours aussi convaincu.

— Quelqu'un a donné du chocolat à Annemarie, repris-je, c'est vrai. Qui ne donnerait pas du chocolat à une gosse ! Mais de là à dire que les hérissons représentent ces truffes sur le dessin, ça aussi, c'est votre propre interprétation, Matthias, et rien ne prouve que ça corresponde à la réalité.

Nouveau silence. Matthias retourna à la lisière du bois, refit le tour de la clairière, farfouilla dans un tas de feuilles, abandonna, revint vers moi.

— C'est le lieu idéal pour un crime, dit-il, ça se sent, je vais continuer à attendre.

— C'est absurde, répondis-je, soudain empli d'horreur, de dégoût, frissonnant, éreinté.

— Il viendra dans cette clairière, dit Matthias.

Et je me mis à lui hurler, hors de moi :

— Foutaises, balivernes, conneries !

Il ne semblait même pas m'entendre.

— Retournons à la station-service, dit-il.

J'étais soulagé de pouvoir enfin quitter cette clairière de malheur. Le soleil n'allait pas tarder à se coucher, les ombres étaient démesurées, une puissante lumière dorée baignait la grande vallée, sous un ciel d'un bleu pur ; mais tout ne m'inspirait que haine et dégoût, j'avais l'impression d'être exilé au fond d'une carte postale au kitsch infini. Et puis la route cantonale réapparut, et les voitures, des décapotables transportant leurs passagers en habits éclatants ; un flot de richesse qui nous filait sous le nez. Une aberration. Nous avions regagné la station. Feller attendait dans ma voiture près des pompes à essence, déjà à moitié assoupi. Annemarie était assise sur la balançoire et chantonnait encore, mais d'une voix rauque, pleine de sanglots, “Marie assise sur une pierre”, et un gamin était adossé près de la porte, sûrement un ouvrier de la tuilerie, chemise ouverte sur les poils de son torse, cigarette et sourire goguenard aux lèvres. Matthias passa à côté de lui sans le voir et entra dans la salle de l'auberge où il m'avait reçu la dernière fois ; j'étais sur ses talons. Il prit une bouteille de schnaps, descendit verre sur verre. J'étais tellement dégoûté par tout ça que je ne pouvais rien avaler. Pas de trace de la Heller.

— C'est une tâche difficile qui m'attend, dit-il, mais après tout, la clairière n'est pas loin, ou est-ce que vous croyez que je ferais mieux d'attendre ici, à la station-service ?

Je ne répondis pas. Matthias arpentait la petite salle en buvant, il ne remarquait même pas mon silence.

— Dommage que la Heller et Annemarie soient au courant maintenant, dit-il, mais ça ne fait rien, je pourrai arranger ça.

Dehors, toujours le ressac de la route, toujours la litanie de l'enfant, "Marie assise sur une pierre".

— Je vais y aller, Matthias, dis-je.

Il continuait à boire, ne me jeta pas un seul regard.

— J'attendrai tantôt ici, tantôt à la clairière, décida-t-il.

— Au revoir, dis-je avant de quitter la salle.

Je sortis de la maison, laissant derrière moi le gamin, la petite, j'appelai Feller qui se réveilla en sursaut, avança la voiture vers moi et m'ouvrit la portière.

— Allez, rue de la Caserne.

28

— Voilà l'histoire, du moins la partie de l'histoire dans laquelle mon pauvre Matthias joue un rôle central, dit l'ancien commandant de la police cantonale en poursuivant son récit.

Et c'est sans doute le moment de préciser, d'une part, que le vieux et moi avions évidemment terminé notre trajet Coire-Zurich depuis longtemps et que nous étions maintenant installés dans la salle de sa fameuse Kronenhalle, évoquée plusieurs fois au cours de son rapport, servis par Emma, bien entendu, sous le tableau de Gubler – qui avait remplacé celui de Miró –, nous pliant ainsi aux bonnes vieilles habitudes du commandant ; et il faut aussi préciser que nous avions déjà dîné – nous servant des bollito milanese au non moins fameux chariot ; ça aussi, j'avais compris que c'était une de ses coutumes, et pourquoi ne pas l'accompagner –, oui, on allait sur les quatre heures, et après le "café Partagas", pour reprendre le terme que le commandant accolait à son péché mignon, qui consistait à fumer un havane avec son expresso, il m'offrit une deuxième charlotte avec le Réserve du patron qui suivait. Mais il faudrait également préciser, ne serait-ce que d'un point de vue purement technique, par honnêteté d'écrivain autant que par amour du métier, que je n'ai, cela va de soi, pas toujours rendu le récit de ce vieux palabreur exactement tel qu'il m'a été rapporté ; il est évident que nous parlions suisse allemand, mais ce n'est pas à ça que je pense, non, plutôt aux parties de l'histoire qu'il ne racontait pas de son propre point de vue, à partir de sa propre expérience, mais qu'il relatait pour ainsi dire objectivement, comme une intrigue à part entière – souvenez-vous de la scène où Matthias fait sa promesse. Dans ces passages, j'ai dû intervenir, modeler, remodeler, même si j'ai fait tous les efforts du monde pour ne pas falsifier les événements, mais simplement retravailler le matériau que me fournissait le vieux, selon certaines règles de l'écriture, et le préparer de telle sorte qu'il tienne sur le papier.

— Je suis évidemment retourné voir Matthias de temps en temps, reprit le commandant, et j'étais de plus en plus convaincu qu'il se trompait en soupçonnant l'innocence du colporteur, car au cours des mois suivants, et même des années suivantes, il n'y eut pas de nouveau meurtre. Et je n'ai pas besoin de vous faire un dessin ; ce fut la dégringolade, la déchéance, Matthias sombra dans l'alcool et la sénilité ; c'était sans espoir, il n'y avait plus rien à faire ; la racaille qui rôdait et sifflait autour de la station-service en pleine nuit arrivait à ses fins ; ça commençait à chauffer sérieusement, la police des Grisons a fait quelques razzias. J'ai été obligé de dire toute la triste vérité à mes collègues de Coire pour qu'ils acceptent de fermer l'œil, ou les deux. Ils ont toujours été plus raisonnables que nous. Et c'est ainsi que les choses ont suivi leur funeste cours, et le résultat, eh bien, vous l'avez vu vous-même au milieu de notre trajet. C'est vraiment pas drôle, surtout à cause de la petite, Annemarie, qui n'est pas allée en s'améliorant. Et peut-être bien que c'est la faute aux différentes organisations qui sont intervenues pour la sauver. La gamine a été placée, mais elle n'arrêtait pas de fuguer, et on la retrouvait toujours à la station-service, où Mme Heller a installé son bistrot miteux il y a deux ans ; Dieu sait comment elle a réussi à obtenir la licence, mais en tout cas, ça a achevé de ruiner la petite. Elle était partante. À tout point de vue. Pour ne rien vous cacher, la gamine a tiré un an à Hindelbank, voilà quatre mois qu'elle est sortie ; mais ça ne lui a pas servi de leçon. Vous l'avez vu vous-même, pas besoin de s'étendre là-dessus. Mais vous devez commencer à sérieusement vous demander quel peut bien être le lien entre mon histoire et la critique que j'ai émise sur votre petit discours, et pourquoi j'ai déclaré que Matthias était un génie. Ça se comprend. Je vous vois venir : rien ne dit qu'une idée bizarroïde puisse se vérifier, et encore moins qu'elle soit géniale. Et là aussi, vous avez raison. Je peux même deviner ce que votre cerveau d'écrivain est en train de ficeler. Il suffirait, se dit l'esprit rusé que vous êtes, de donner raison à Matthias et de faire arrêter l'assassin, et hop, on aurait le plus beau roman, le meilleur scénario de film, la tâche de l'écrivain ne consiste au fond qu'à rendre les choses transparentes en leur apportant la touche qui convient, afin que derrière elles se mette à briller, presque palpable, la grande idée qui sous-tend l'ensemble ; oui, grâce à cette touche, ce revirement, le succès de Matthias, mon détective à la dérive, ne serait plus seulement intéressant, il prendrait le relief d'un personnage biblique, une sorte de nouvel Abraham venant raviver l'espoir et la foi, et de cette histoire absurde, celle de quelqu'un qui, parce qu'il croit en l'innocence d'un coupable, se met à la recherche d'un assassin qui n'existe pas, de cette histoire naîtrait un récit chargé de sens ; au royaume de la grande littérature, le colporteur, coupable, deviendrait innocent, l'assassin qui n'existe pas se mettrait à exister, et un événement qui tendait à moquer la raison humaine et notre propension à la foi se muerait en un événement qui sublimerait ces mêmes forces ; et peu importe de savoir si les faits se sont bel et bien déroulés ainsi, l'important, c'est que cette version-là de l'histoire paraisse également possible. Voilà à peu près comment j'imagine votre cheminement intérieur, et cette variante de mon histoire est tellement exaltante et positive qu'elle sera bientôt publiée, que ce soit sous forme de roman ou de film, je pourrais presque le prédire. Vous raconterez tout, dans les grandes lignes, comme j'ai tenté de le faire, mais vous le raconterez évidemment mieux. Car au fond, vous êtes du métier, et c'est seulement à la fin que l'assassin fera son apparition, que l'espoir sera comblé, que triomphera la foi qui rendra ce récit acceptable aux yeux du monde chrétien. D'autres adoucissements pourraient y contribuer. Je proposerais par exemple que Matthias, à partir du moment où il découvre les truffes et comprend le danger qui plane sur Annemarie, n'ait plus la force de suivre son plan et d'utiliser la petite comme appât, que ce soit en vertu de sa grande humanité ou de son amour paternel pour la fillette, et il pourrait alors mettre Annemarie et sa mère en sûreté et remplacer la petite par une grande poupée au bord du ruisseau. Et alors, dans une scène grave et solennelle, baignée par la lumière du crépuscule, l'assassin, le magicien d'Annemarie, sortirait de la forêt et se dirigerait à pas de géant vers la silhouette qu'il prend pour l'enfant, rongé de désir, avide de pouvoir une nouvelle fois jouer du rasoir ; mais en voyant qu'on lui a tendu un piège diabolique, la folie le submergerait tout à fait, il entrerait dans une rage incontrôlable, affronterait Matthias et la police, et peut-être qu'à la fin – si vous voulez bien me pardonner cet élan lyrique –, on aurait un échange émouvant entre le commissaire blessé et l'enfant, pas besoin de faire long, quelques bouts de phrase suffiraient, pourquoi pas, la fille aurait réussi à échapper à sa mère pour aller à la rencontre de son cher magicien, pour se jeter dans les bras d'un ineffable bonheur, ce qui nous offrirait, pour couronner le tout, cet instant fugace, une petite lueur de douce humanité après toutes ces horreurs, un accent poétique, un parfum de renoncement digne d'un conte. Ou alors, option plus probable, vous bricolerez quelque chose de complètement différent ; je commence à vous connaître un peu, même si, pour être franc, je préfère Max Frisch. C'est précisément l'absurde qui va vous titiller, le fait qu'un homme croie à l'innocence d'un coupable et se lance à la poursuite d'un assassin qui ne peut pas exister, pour reprendre cette situation que nous avons, je crois, assez précisément définie : mais là, vous feriez plus cruel que la réalité ; par pur plaisir et pour achever de nous ridiculiser, nous autres de la police, Matthias retrouverait bel et bien le meurtrier, je ne sais quel saint grotesque, un de ceux dont vos romans regorgent, le gourou au grand cœur d'une secte, qui serait évidemment innocent en réalité, incapable de faire le mal, mais qui, pour cette raison précise, par une de vos idées malignes, attirerait à lui toutes les suspicions. Matthias tuerait ce fou dangereux, toutes les preuves se vérifieraient, le génie de l'heureux détective serait reconnu, célébré, et il réintégrerait la police avec les honneurs. Ça aussi, c'est envisageable. Vous voyez que j'ai déjoué vos combines. Mais je sais que vous n'attribuerez pas seulement mes élucubrations à ce Réserve du patron – même s'il est vrai que nous en sommes déjà au deuxième litre –, vous sentez, pas vrai, que je dois encore raconter la fin de l'histoire, bien que ce soit à contrecœur, car cette histoire a hélas une chute, inutile de chercher à vous le cacher, et vous sentez déjà que cette chute est admirablement minable, tellement minable qu'on ne pourrait même pas l'exploiter dans un roman ou un film digne de ce nom. Elle est tellement risible, bête et triviale que si on voulait coucher cette histoire sur le papier, il faudrait tout bonnement la sucrer. Mais en même temps, il faut bien reconnaître que cette chute parle absolument en faveur de Matthias, l'éclaire sous son vrai jour, révèle le génie qu'il est véritablement, un être qui, sentant si profondément les facteurs de la réalité qui nous demeurent habituellement cachés, a réussi à percer les hypothèses et les suppositions qui nous entourent, effleurant ainsi ces lois qui restent toujours hors de notre portée, celles qui sont le moteur du monde. Mais il les a seulement effleurées. Car hélas, le fait même que cette chute ignoble existe, qu'elle soit là comme quelque chose d'impossible à prévoir, un hasard, si vous voulez, prouve a posteriori l'absurdité de son génie, de ses plans et de ses agissements d'une manière encore plus cuisante qu'avant, quand on pensait encore, rue de la

Caserne, qu'il faisait fausse route : il n'y a rien de plus cruel qu'un génie qui bute sur une idiotie. Mais face à une telle éventualité, tout dépend de la façon dont le génie va négocier avec le ridicule sur lequel il a trébuché, s'il est capable d'accepter ou non ce ridicule. Matthias n'a pas pu l'accepter. Il voulait que toutes ses pièces s'imbriquent aussi dans la réalité. Résultat, la réalité, il a dû la nier, et c'est sur du vide qu'il a débouché. Et c'est ainsi que mon histoire va se terminer sur une note particulièrement déprimante, car la solution qui s'est imposée est presque la plus banale de toutes les "solutions" possibles. Comme quoi, ça peut arriver. Parfois, le pire arrive *aussi*. Nous sommes humains, nous devons composer avec lui, nous blinder contre lui, et surtout ne pas nous faire d'illusions là-dessus : ce n'est qu'en intégrant humblement la possibilité de l'absurde à notre pensée, cet absurde qui, par la force des choses, s'impose avec une évidence et une force toujours plus grandes, ce n'est qu'en comptant avec la possibilité de l'absurde que nous réussirons à éviter l'échec et à nous faire une place tant soit peu confortable sur cette terre. Notre raison peine à éclairer le monde. C'est dans la lumière incertaine de ses limites que s'ancrent tous les paradoxes. Gardons-nous de contempler ces chimères "en soi", comme si elles avaient leurs racines hors de l'esprit humain, ou, ce qui serait encore pire : ne soyons pas assez faibles pour les considérer comme une erreur qu'il serait possible d'éviter et qui nous pousserait alors à exécuter le monde comme si nous obéissions à une morale rebelle, comme si nous tentions d'imposer une construction morale dénuée d'erreurs, car c'est précisément sa perfection lavée de toute erreur qui serait son mensonge mortel et le signe du plus terrible aveuglement. Mais vous me pardonnerez d'insérer ce commentaire au milieu de ma belle histoire, mon raisonnement est un peu douteux, je sais bien, mais vous permettrez à un vieil homme comme moi de réfléchir à ce qu'il a vécu, même si ses réflexions sont aussi bancales, car même si je viens de la police, je fais ce que je peux pour être un homme et pas un bœuf.

29

"BIEN. C'était l'an dernier, encore un dimanche, évidemment ; un prêtre catholique m'avait appelé pour me demander de faire une visite à l'hôpital cantonal. J'étais à la veille de la retraite, il me restait quelques jours avant de quitter mes fonctions, mon successeur était même déjà en service, pas Henzi, heureusement, il n'avait pas réussi à décrocher le poste malgré sa Zurichoise, mais un homme qui avait de la carrure et de la précision, doué d'une humanité, d'une civilité qui ne pouvait que faire du bien au poste. J'avais pris l'appel dans mon appartement. Je n'ai accepté l'invitation que parce qu'il s'agissait d'une chose importante qu'une patiente voulait me confier sur son lit de mort ; ça arrive de temps en temps. C'était une journée de décembre, froide malgré le soleil. Décharnement général, humeur pesante et mélancolique. Dans ces moments-là, notre ville peut être à chialer. Aller voir une mourante un jour comme ça, c'était la double peine. J'ai donc commencé par faire plusieurs fois le tour de la grosse harpe d'Aeschbacher dans le parc, en broyant du noir, avant de me décider à pénétrer dans le bâtiment. Mme Schrott, clinique médicale, secteur privé. La chambre de la malade donnait sur le parc. Elle était pleine de fleurs, des roses et des glaïeuls. Les rideaux étaient à moitié tirés. Des rayons de soleil obliques barraient le sol. Le prêtre, énorme, était assis près de la fenêtre, visage rude et rougeaud, barbe grise et hirsute, et dans le lit, un petit bout de femme, vieille et joliment ridée, les cheveux fins, blancs comme neige, infiniment douce, et infiniment riche, à en croire toute cette pompe. Un appareil compliqué était installé près du lit, je ne sais quel dispositif médical alimenté par différents tuyaux qui émergeaient de sous la couverture. La machine devait sans cesse être contrôlée par une infirmière ; elle entrait dans la chambre toutes les dix minutes, muette et attentive, ce qui interrompait la conversation à intervalles presque réguliers – pour vous préciser d'emblée cette particularité.

Je saluai. La vieille dame me regarda attentivement, avec le plus grand calme. Elle avait le visage cireux, irréel, mais étonnamment vivace. Elle tenait entre ses mains jaunâtres et ridées un petit livre noir doré sur tranche, sans doute un livre de prières, mais on avait du mal à croire que cette femme allait bientôt mourir, tant la force qui émanait d'elle était vitale et continue, malgré tous les tuyaux qui rampaient sous sa couverture. Le prêtre ne prit pas la peine de se lever. D'un geste aussi majestueux que maladroit, il m'indiqua une chaise à côté du lit.

— Asseyez-vous, m'invita-t-il.

Et une fois que j'eus pris place, sa voix grave résonna encore depuis la fenêtre, sur laquelle se détachait son imposante silhouette.

— Racontez à monsieur le commandant ce que vous avez à lui transmettre, madame Schrott. L'extrême-onction est à onze heures.

Mme Schrott sourit. Elle était navrée de me causer des désagréments, prononça-t-elle, charmante, d'une voix faible et néanmoins extrêmement claire, presque joviale.

Je lui dis hypocritement que ça ne faisait rien, déjà certain que la petite vieille allait m'annoncer un don pour policiers en détresse, ou quelque chose d'approchant.

L'histoire qu'elle voulait me raconter était de peu d'importance, une histoire tout ce qu'il y avait de plus inoffensif, poursuivit la vieille, un événement qui se produisait sans doute au moins une fois dans toutes les familles, et c'est d'ailleurs pour ça qu'elle lui était sortie de l'esprit, mais maintenant que l'éternité n'était pas loin et que, ma foi, le moment était venu de faire ses derniers aveux, elle se l'était rappelée, tout à fait par hasard, simplement parce que tout à l'heure, une petite-fille de sa filleule, sa seule filleule, était venue lui apporter des fleurs, et qu'elle avait une petite robe rouge, et le prêtre Beck, tout émoustillé par cette histoire, lui avait dit qu'il fallait qu'elle me la raconte, elle-même ne comprenait vraiment pas pourquoi, puisque tout était si loin, mais si Sa Sainteté pensait que…

— L'histoire, madame Schrott, tonna la voix depuis la fenêtre, l'histoire.

Au même moment, les cloches des églises se mirent à sonner pour annoncer le prêche, le carillon nous parvenait faiblement depuis la ville. Eh bien, dans ce cas, elle allait faire de son mieux, réattaqua la petite vieille en se remettant à piailler doucement. Des histoires, elle n'en avait plus raconté depuis belle lurette, rien qu'à Emil, le fils de son premier époux, mais ensuite Emil était mort d'épuisement, personne n'avait rien pu faire. Il aurait eu mon âge aujourd'hui, ou plutôt l'âge de monsieur le prêtre Beck; mais elle se plaisait à s'imaginer que nous étions ses fils, le prêtre Beck et moi, car juste après Emil, elle avait donné naissance à Markus, mais le pauvre Markus était mort au bout de trois jours, un prématuré, elle avait accouché après seulement six mois, et le docteur Hobler avait dit que ça valait mieux pour le pauvre petit. Et elle continua son caquetage embrouillé pendant un moment.

— L'histoire, madame Schrott, l'histoire, ordonna le prêtre de sa voix de basse, toujours assis près de la fenêtre, immobile, caressant simplement de temps en temps, tel un Moïse, le buisson de sa barbe grise, et diffusant par vagues doucereuses une très nette odeur d'ail. On va bientôt devoir passer à l'extrême-onction!

Et voilà que d'un seul coup, la vieille prit un air fier, presque aristocratique, redressant un peu sa petite tête, une étincelle dans les yeux. Elle était une Stänzli, dit-elle, son grand-père n'était autre que le colonel Stänzli, celui-là même qui avait mené la retraite d'Escholzmatt pendant la guerre du Sonderbund, et sa sœur avait épousé le colonel Stüssi, l'un des membres de l'État-major pendant la Grande Guerre, qui avait été un intime du général Ulrich Wille et avait connu personnellement l'empereur Guillaume – mais tout cela, je l'avais encore en mémoire, bien sûr.

Et moi, réprimant un bâillement:

— Bien sûr, mais évidemment.

Le vieux Wille était bien le cadet de mes soucis, pareil pour l'empereur Guillaume, je me disais: allez, allonge ta donation et qu'on n'en parle plus, vieille pie. Si seulement on pouvait fumer dans cette chambre, un petit Suerdieck, oui, ce serait l'idéal, souffler mon petit fumet de forêt vierge dans cette atmosphère d'hôpital et ces effluves d'ail. Et le prêtre qui grondait obstinément, infatigable :

— L'histoire, madame Schrott, l'histoire.

Ce que je devais savoir, poursuivit la vieille dame, et une expression étrangement amère, presque haineuse s'étala sur sa face, c'est que tout ceci, c'était la faute de sa sœur, avec son colonel Stüssi. Sa sœur, de dix ans son aînée, avait aujourd'hui quatre-vingt-dix-neuf ans. Bientôt quarante ans qu'elle était veuve, villa sur les hauts de Zurich, actions chez Brown-Boveri, elle détenait la moitié du quartier de la gare ; et brusquement un flot, ou, pour mieux dire, une cascade d'insultes se mit à jaillir de la bouche de la mourante, si obscènes que je n'ose même pas vous les restituer. En même temps, la vieille s'était un peu redressée, et sa petite tête d'aïeule aux cheveux immaculés dodelinait de-ci, de-là, pleine de vie, comme si ce torrent furibond la rendait ivre de joie et de plaisir. Elle finit par se calmer, grâce à l'infirmière qui venait de revenir : enfin, madame Schrott, allons, allons, ne nous échauffons pas comme ça, calmons-nous un peu. La vieille obéit. Une fois l'infirmière partie, elle fit un vague geste de la main. Sa sœur, dit-elle, lui envoyait toutes ces fleurs rien que pour la faire enrager, sa sœur savait très bien qu'elle n'aimait pas les fleurs, elle détestait les dépenses inconsidérées ; mais elles ne s'étaient jamais disputées, ça jamais, je m'en doutais sûrement, elles étaient toujours restées gentilles et aimables l'une pour l'autre, mais par pure méchanceté, bien entendu ; tous les Stänzli avaient cette tendance à la politesse, même s'ils ne pouvaient pas se voir en peinture, tous autant qu'ils étaient, et leur politesse était simplement la méthode qu'ils avaient trouvée pour s'excéder mutuellement et se torturer jusqu'à la moelle, heureusement, du reste, sans quoi c'eût vraiment été l'enfer, si une telle famille n'avait pas été aussi disciplinée.

— L'histoire, madame Schrott, l'histoire, somma encore le prêtre pour faire passer le temps. N'oubliez pas l'extrême-onction.

Et moi, ce n'était plus d'un petit Suerdieck que je rêvais, je languissais déjà pour un de mes gros Bahianos.

Elle s'était mariée avec son cher Galuser en mille huit cent quatre-vingt-quinze, paix à son âme, soupira-t-elle en reprenant son interminable logorrhée, docteur en médecine à Coire. Ce mariage était déjà répréhensible aux yeux de sa sœur et de son colonel, pas assez noble, elle l'avait très bien senti, et quand la grippe avait emporté le colonel, au lendemain de la Grande Guerre, sa sœur était devenue de plus en plus insupportable, vouant un véritable culte à son militariste.

— L'histoire, madame Schrott, l'histoire.

Le prêtre tenait bon, sans montrer le moindre signe d'impatience ; on sentait à peine une pointe de tristesse face à un soliloque aussi embrouillé, tandis que je commençais à piquer du nez et qu'un sursaut me tirait parfois de ma somnolence.

— N'oubliez pas l'extrême-onction, l'histoire, l'histoire.

Mais c'était sans espoir, la vieille pie continuait à pérorer sur son lit de mort, increvable, homérique, et malgré sa petite voix piailleuse et les tuyaux qui dépassaient de sa couette, elle digressait de plus en plus. Je commençais à attendre vaguement, du moins avec le peu de réflexion qui me restait, l'histoire insignifiante d'un policier serviable, puis l'annonce du don de quelques milliers de francs, rien que pour ulcérer la sœur de quatre-vingt-dix-neuf ans, je préparais mes remerciements les plus chaleureux et je bavais déjà, réprimant fermement mes fantasmes de fumeur pour ne pas céder complètement au désespoir, en pensant à mon apéritif habituel et au déjeuner du dimanche à la Kronenhalle, notre petite tradition, avec ma femme et ma fille. Et donc, pépiait toujours la vieille peau, après la mort de son mari, le regretté Galuser, paix a son âme, elle avait épousé le tout aussi regretté Schrott, qui avait plus ou moins fait office de chauffeur et de jardinier chez eux, se chargeant à vrai dire de tous les travaux de la maison, car dans une grande et vieille maison comme la leur, c'étaient les hommes qui étaient le mieux indiqués pour s'occuper du chauffage, réparer les volets, et j'en passe, et même si sa sœur n'avait jamais fait de remarque à ce sujet, même si elle était allée jusqu'à assister à son mariage à Coire, ce mariage avait irrité sa sœur, elle le savait très bien, même si sa sœur, là encore rien que pour l'horripiler, n'avait rien laissé paraître. Et c'est ainsi qu'elle était devenue Madame Schrott.

Elle poussa un soupir. Les infirmières chantaient des chants de Noël dans le couloir.

— Eh bien, ce fut un mariage tout ce qu'il y a de plus harmonieux avec mon cher ange, reprit la petite vieille après avoir écouté les infirmières pendant quelques instants. Même si, pour lui, ce fut peut-être plus difficile que ce que je m'imaginais. Mon pauvre petit Albert, paix à son âme, avait vingt-trois ans quand nous nous sommes mariés – c'est qu'il était né juste au tournant du siècle –, mais moi, j'en avais déjà cinquante-cinq. Mais c'était sans doute ce qu'il y avait de mieux pour lui, car il était orphelin, voyez-vous ; sa mère, oh, je n'oserai pas vous dire ce qu'elle faisait, et personne ne savait qui était le père, on ne connaissait même pas son nom. Il avait seize ans quand mon premier mari l'a engagé, ça ne marchait pas fort en classe, il a toujours eu des difficultés pour lire et écrire. Ce mariage s'imposait, on a tôt fait d'avoir mauvaise réputation une fois veuve, même s'il n'y avait jamais rien eu entre mon pauvre petit Albert et moi, et sûrement pas pendant le mariage, c'est évident, vu la différence d'âge ; mais ma fortune était mince, je n'avais que les loyers de mes maisons à Zurich et à Coire ; et mon pauvre petit Albert, avec son esprit limité, n'aurait pas fait long feu dans la mêlée. Il se serait perdu, et en tant que chrétien, on a tout de même un certain devoir. Et c'est ainsi que nous avons vécu ensemble, tout bien, tout honneur ; il bricolait dans la maison et dans le jardin, et, je peux bien le dire, c'était un sacré gabarit, un homme solide et imposant, toujours habillé décemment, solennellement ; il ne m'a jamais fait honte, même s'il ne disait presque rien, sauf quelquefois, “d'accord, m'man, mais oui, m'man”, mais il était docile et buvait avec modération, par contre il avait un appétit d'ogre, surtout pour les pâtes, oui, toutes sortes de pâtes, et puis le chocolat. Ça, c'était son dada. Mais sinon, c'était un brave garçon, et il l'est toujours resté, beaucoup plus gentil et serviable que le chauffeur que ma sœur a épousé quatre ans plus tard malgré son colonel, et lui aussi avait à peine trente ans.

— L'histoire, madame Schrott.

La voix du prêtre gronda depuis la fenêtre, égale, inflexible, à la faveur d'une pause assez longue de la petite vieille, qui avait tout de même l'air passablement épuisée, tandis que moi, j'attendais toujours aussi ingénument le don en l'honneur des pauvres policiers.

Mme Schrott acquiesça.

— Mais vous voyez, monsieur le commandant, poursuivit-elle, dans les années quarante, mon pauvre petit Albert a commencé à décliner, je ne sais pas ce qui lui manquait au juste, quelque chose a dû se détraquer dans sa tête ; il était de plus en plus muet, de plus en plus renfrogné, il restait là, les yeux dans le vague, il pouvait passer des jours sans rien dire, se contentant d'accomplir son travail, comme il se devait, ce qui fait que je n'étais pas obligée de le gronder pour de bon, mais il se baladait pendant des heures sur sa bicyclette, c'était peut-être la guerre qui le déboussolait, ou le fait de ne pas avoir été engagé dans l'armée ; allez donc savoir, hein, ce qui peut se passer dans la caboche d'un garçon comme lui ! Et puis, il est devenu de plus en plus vorace ; heureusement que nous avions nos poules et notre élevage de lapins. Et mon pauvre petit Albert, paix à son âme, c'est là qu'il lui est arrivé ce qu'il faut que je vous raconte, ça a commencé vers la fin de la guerre.

Elle s'interrompit, à cause de l'infirmière qui venait encore d'entrer dans la chambre, accompagnée d'un médecin ; ils se mirent à inspecter l'appareil et la petite vieille. Le toubib était allemand, blond comme dans un album pour enfants, jovial et fringant, il faisait sa tournée habituelle des dimanches, comment va, madame Schrott, toujours courageuse à ce que je vois, mais vous avez d'excellents résultats, eh ben dites donc, eh ben dites donc, mais ne vous surmenez pas, hein ; et il mit joyeusement les voiles, l'infirmière sur les talons, et le prêtre rappela la petite vieille à l'ordre : "L'histoire, madame Schrott, l'histoire, extrême-onction à onze heures", une perspective qui ne semblait pas inquiéter la commère le moins du monde. Elle reprit tambour battant :

— Chaque semaine, mon pauvre petit Albert, paix à son âme, devait porter des œufs à ma militariste de sœur, à Zurich. Il attachait son panier à l'arrière de la bicyclette et revenait en fin de journée, parce qu'il se mettait en route aux aurores, à six heures, voire à cinq, toujours solennellement vêtu de noir, avec son chapeau rond. Tout le monde le saluait gentiment quand il traversait Coire et se dirigeait vers la petite ville en sifflotant sa chanson favorite, "Je suis un petit Suisse et j'aime ma patrie". Sauf qu'un beau jour, en plein été, le surlendemain de la fête nationale, il n'est pas rentré à la maison avant minuit passé. Je l'ai entendu traîner longtemps et se laver dans la salle de bains, et quand j'ai fini par aller le voir, mon pauvre petit Albert, paix à son âme, était couvert de sang, même ses habits. Alors je lui ai dit : "Mon Dieu, Albert, que t'est-il donc arrivé ?" Il s'est contenté d'ouvrir de grands yeux et m'a répondu : "Un accident, m'man, c'est rien, m'man, retourne te coucher", alors je suis retournée me coucher, et j'étais tout de même assez surprise, car je n'avais remarqué aucune plaie sur lui. Mais le lendemain matin, au petit-déjeuner, pendant qu'il mangeait ses œufs, quatre à la fois, comme toujours, avec ses tartines de confiture, j'ai lu dans le journal qu'on avait assassiné une petite fille dans le canton de Saint-Gall, sans doute avec un rasoir, et je me suis souvenu que je l'avais aussi vu nettoyer son rasoir dans la salle de bains, et c'était quand même curieux, parce qu'il se rasait toujours le matin, et c'est là que j'ai compris, ça m'est venu comme une révélation, alors j'ai froncé les sourcils et j'ai dit à mon pauvre petit Albert, paix à son âme, je lui ai dit comme ça : "Albert, c'est toi, n'est-ce pas, qui as tué cette petite fille dans le canton de Saint-Gall." Alors il a posé ses œufs, ses tartines de confiture et ses cornichons, et il a dit : "Oui, m'man, c'était obligé, c'est la voix dans le ciel", et puis il s'est remis à dévorer. J'étais toute troublée de le voir si atteint ; elle me faisait pitié, cette petite, j'ai même pensé à appeler le docteur Sichler, pas l'ancien, non, son fils, qui est aussi très appliqué et a beaucoup d'empathie ; mais ensuite, j'ai pensé à ma sœur, elle aurait jubilé, ç'aurait été le plus beau jour de sa vie, et c'est pour ça que j'ai été très sévère et très ferme avec mon pauvre petit Albert, et je lui ai dit comme ça : "Ne refais plus jamais ça, tu m'entends, plus jamais", et il m'a répondu, "D'accord, m'man". "Comment est-ce arrivé ?" lui ai-je demandé. Et il m'a répondu : "M'man, quand je passais par Wattwil sur la route de Zurich, j'arrêtais pas de croiser une petite fille avec une petite robe rouge et des tresses blondes. Ça faisait un grand détour, mais depuis que j'ai rencontré cette petite fille près d'un bois, je suis obligé de prendre ce détour, c'est la voix dans le ciel, m'man, et cette voix m'a ordonné de jouer avec la petite fille, et après, la voix dans le ciel m'a ordonné de lui donner un peu de chocolat, et puis après, il a fallu que je la tue, tout ça c'est à cause de la voix dans le ciel, m'man, et puis après je suis allé m'allonger dans le bois d'à côté, et je suis resté allongé sous un buisson jusqu'à ce qu'il fasse nuit, et puis après je suis rentré te retrouver, m'man". "Mon pauvre petit Albert, lui ai-je dit, tu n'iras plus voir ma sœur à bicyclette, c'est terminé, on enverra les œufs par la poste." "D'accord, m'man", a dit Albert, et il s'est encore fait une grosse tartine de confiture avant de sortir dans la cour. Alors j'ai songé : il faudrait quand même que j'aille voir le pasteur Beck, pour qu'il gronde mon pauvre petit Albert, mais quand j'ai regardé par la fenêtre, j'ai vu mon petit Albert dehors, au soleil, si calme, si appliqué, l'air un peu triste, en train de rafistoler les cages à lapins, et puis cette cour qui brillait comme un sou neuf, et je me suis dit, ce qui est passé est passé, Albert est un brave garçon, il a un bon fond, et puis, ça n'arrivera plus.

L'infirmière entra encore une fois pour vérifier l'appareil, remettre les tuyaux en ordre, et la petite vieille sembla de nouveau épuisée entre ses coussins. J'osais à peine respirer, la sueur me dégoulinait sur le visage, mais je ne m'essuyais même pas ; je grelottais, et je me trouvais doublement ridicule en pensant que je m'étais attendu à un don de la part de la vieille, et puis ces monceaux de fleurs, toutes ces roses rouges et blanches, ces glaïeuls flamboyants, ces asters, ces zinnias, ces œillets, sortis d'on ne sait où, un vase plein d'orchidées, tout ce tape-à-l'œil aberrant, et le soleil derrière les rideaux, le prêtre énorme et immobile soufflant ses effluves d'ail ; j'avais envie de me lever et de faire un scandale, d'arrêter la vieille, mais tout ça n'avait plus aucun sens, l'extrême-onction arrivait, et je suis resté assis là, dans mon costume du dimanche, grave et inutile.

— Continuez, madame Schrott, commanda le prêtre avec impatience, continuez.

Et elle continua.

— Mais là, mon pauvre petit Albert a commencé à aller beaucoup mieux, dit-elle de sa voix calme et douce.

Maintenant, on avait l'impression qu'elle racontait une histoire à deux petits enfants, un conte dans lequel le mal et l'absurde sont aussi merveilleux que le bien.

— Il a cessé d'aller à Zurich; mais à la fin de la Deuxième Guerre, on a de nouveau pu utiliser l'auto que j'avais achetée en mille neuf cent trente-huit, parce que le tacot de Galuser, paix à son âme, était vraiment passé de mode, et mon pauvre petit Albert a pu recommencer à me promener dans notre Buick. Une fois, on est même allés à Ascona, à l'hôtel Tamaro, et je me suis dit, puisqu'il est si heureux quand il conduit, autant qu'il retourne à Zurich, ce n'était pas aussi dangereux avec la Buick, puisqu'après tout, il devait se concentrer sur la route, il n'entendrait pas la voix dans le ciel, et il a recommencé à aller voir ma sœur et à lui livrer ses œufs, brave et fidèle comme il était, et parfois un lapin. Mais un jour, le voilà qui rentre encore après minuit; alors, ni une ni deux, je suis allée au garage, j'ai deviné tout de suite, parce que les jours précédents, il s'était remis à chiper des truffes en chocolat dans la bonbonnière, et qu'est-ce que je vois: mon pauvre petit Albert en train de nettoyer l'intérieur de la voiture qui était tout ensanglanté. "As-tu encore tué une petite fille, Albert", lui ai-je dit en fronçant les sourcils. Et lui: "T'inquiète pas, m'man, c'était pas dans le canton de Saint-Gall, c'était dans le canton de Schwytz, c'est la voix dans le ciel qui l'a décidé, la petite fille avait encore une robe rouge et des tresses blondes." Mais là, je ne me suis pas laissé faire, j'ai été encore plus sévère avec lui que la première fois; méchante pour un peu. Il a été privé de Buick pendant une semaine, et j'avais aussi décidé d'aller voir le père Beck, j'étais bien résolue ; mais ma sœur aurait été aux anges, c'était impossible, alors j'ai surveillé d'encore plus près mon pauvre petit Albert, et pendant deux ans, tout s'est passé à merveille, et puis il a récidivé, pour obéir à la voix dans le ciel, mon pauvre petit Albert, il était tout catastrophé, il pleurait, mais je n'étais pas dupe, moi, j'ai vu tout de suite qu'il manquait des truffes dans la bonbonnière. Cette fois-ci, c'était une petite fille dans le canton de Zurich, elle aussi avec une robe rouge et des tresses blondes, les mères devraient vraiment faire plus attention à l'accoutrement de leurs enfants.

— Est-ce que la fille s'appelait Gretl Moser ?

— Elle s'appelait Gretl, et les deux autres Sonia et Eveli, répondit la vieille dame. J'ai retenu tous les noms ; mais c'est allé de mal en pis pour mon pauvre petit Albert, il a commencé à avoir des absences, je devais tout lui répéter dix fois de suite, le gronder toute la journée, comme un petit garnement, et c'était en quarante-neuf ou en cinquante, je ne sais plus très bien, quelques mois après la petite Gretl, il a recommencé à s'agiter, à s'exciter ; même le poulailler était en désordre, les poules caquetaient comme des folles, parce qu'il oubliait de bien préparer leurs graines, et il a recommencé à errer avec notre Buick, des après-midi entiers, il disait qu'il allait se promener un peu, et j'ai encore remarqué qu'il avait chipé des truffes dans la bonbonnière. Alors je l'ai épié, et quand il s'est glissé dans le salon, mon pauvre petit Albert, paix à son âme, le rasoir dépassant de sa poche comme un stylo-plume, je me suis approché de lui et je lui ai dit : "Albert, tu as encore déniché une petite fille." Et lui : "C'est la voix dans le ciel, m'man. S'il te plaît, laisse-moi y aller une dernière fois, je dois faire comme le ciel m'a ordonné, et puis elle a aussi une petite robe rouge et des tresses blondes." Mais je suis restée inflexible : "Albert, je ne peux pas te le permettre, où est-elle, cette petite fille ?" "Pas très loin, près d'une station-service, a dit mon pauvre petit Albert, allez, m'man, allez, laisse-moi obéir à la voix." Alors j'ai durci le ton, je lui ai dit comme ça : "Pas d'excuse, Albert, tu me l'as promis, va immédiatement nettoyer le poulailler et donne un bon sac de graines aux poules." Et là, pour la première fois depuis que nous étions mariés, et Dieu sait que notre union fut harmonieuse, Albert est sorti de ses gonds, il a crié : "Tu me prends pour ton valet", il était vraiment atteint, et il s'est rué dehors avec ses truffes et son rasoir, il a sauté dans la Buick, et à peine un quart d'heure plus tard, on a téléphoné pour me dire qu'il avait embouti un camion et qu'il était mort, le père Beck est venu, et aussi le brigadier Bühler, un homme très sensible, et voilà pourquoi j'ai légué cinq mille francs à la police de Coire dans mon testament, et je lègue également cinq mille francs à la police de Zurich, parce que je possède des immeubles dans la Freie Strasse, et puis ma sœur aussi est venue, bien entendu, avec son chauffeur, rien que pour m'ulcérer, elle m'a gâché tout l'enterrement.

Je la dévisageais, incrédule. Le don que j'attendais depuis le début avait quand même fini par tomber. C'était le bouquet. Comme si mon humiliation n'était pas assez complète.

Mais le professeur finit par débarquer, avec un médecin et deux infirmières ; on nous congédia, et je fis mes adieux à Mme Schrott.

— Portez-vous bien, je lui dis pour meubler le silence, pressé de fuir le plus vite possible, ce qui la fit ricaner et me valut un regard circonspect du professeur.

La scène était gênante ; j'étais heureux d'abandonner enfin la vieille, le prêtre, toute cette assemblée, et j'ai fui dans le couloir.

Les visiteurs arrivaient en masse, les bras chargés de fleurs et de cadeaux, toujours dans cette odeur d'hôpital. J'ai pressé le pas. La sortie était proche, le parc m'appelait déjà, mais c'est là qu'un colosse m'a barré la route dans le couloir ; habits noirs et solennels, visage rond et poupin, chapeau sur la tête, il poussait une autre vieille pie toute tremblante et ridée sur un fauteuil roulant. Enfouie dans son manteau de vison, une énorme botte de fleurs dans les bras. C'était peut-être la sœurette aux quatre-vingt-dix-neuf printemps avec son chauffeur, allez savoir, je les ai regardés passer, dégoûté, je les ai vus disparaître dans l'unité privée et je suis reparti à vive allure, je me suis précipité dehors, j'ai foncé à travers le parc, zigzaguant entre les malades en fauteuil, les convalescents, les visiteurs, et c'est seulement installé à la Kronenhalle que j'ai commencé à me calmer un peu. Devant ma soupe de boulettes de foie.

30

“En sortant de la Kronenhalle, je suis allé directement à Coire. Hélas, il a fallu que j’emmène ma femme et ma fille, c’était dimanche, je leur avais réservé l’après-midi, et je n’avais pas envie de donner d’explication. Je conduisais sans dire un mot, à une vitesse pas très légale, tout n’était peut-être pas perdu. Mais une fois arrivés à la station-service, elles n’ont pas attendu longtemps dans la voiture. C’était une sacrée foire au bistrot, Annemarie venait de rentrer de Hindelbank, ça grouillait de jeunes gaillards peu recommandables ; Matthias était tassé sur son banc malgré le froid, dans son bleu de travail, mégot aux lèvres, puant l’absinthe. Je me suis assis près de lui, je lui ai tout raconté en seulement quelques mots. Mais il n’y avait plus rien à faire, on aurait dit qu’il ne m’entendait même pas. J’ai hésité quelques instants, et puis je suis retourné à mon Opel Kapitan et j’ai mis le cap sur Coire ; mes dames s’impatientaient, leur ventre gargouillait.

Est-ce que ce n’était pas Matthias ? a demandé ma femme, qui comme toujours avait raté un wagon.

— Si.

— Mais je croyais qu'il était en Jordanie, dit-elle.

— Il est resté, ma chère.

À Coire, j'ai eu du mal à garer la voiture. La confiserie était pleine à craquer, des brochettes de Zurichois qui se gavaient comme des oies, dégoulinant de sueur, et puis des gamins criards, mais on a quand même fini par trouver une place, et on a commandé le thé et les pâtisseries. Mais ma femme a rappelé la serveuse :

— Mademoiselle, apportez-nous aussi deux cents grammes de truffes.

Elle a eu l'air un peu surprise quand je lui ai dit que je n'en voulais pas. Pour rien au monde.

Et maintenant, mon cher, prenez cette histoire et faites-en ce que vous voulez. Emma, l'addition."

POSTFACE À LA PREMIÈRE ÉDITION DE 1958

LES liens entre ce roman et le film qu'on a malheureusement intitulé *Ça s'est passé en plein jour* sont les suivants : au printemps de 1957, le producteur Lazar Wechsler m'a commandé une histoire qu'il voulait porter à l'écran. Le thème : les crimes sexuels commis sur des enfants. L'idée était de prévenir face à cette menace hélas toujours plus grande. J'ai livré un récit qui était comme une première version du roman, et j'ai plus tard retravaillé ce récit avec le réalisateur du film, Ladislas Vajda, pour en faire un scénario qui restait, dans les grandes lignes, fidèle à l'histoire d'origine. Il me tient à cœur d'affirmer ici que si le film correspond pour une grande part à mes intentions, le roman a pris une autre voie, ce qui ne constitue en rien une critique envers l'exceptionnel travail du réalisateur. La seule raison qui explique cette divergence, c'est qu'une fois le scénario achevé, je me suis remis au travail. J'ai repris la fable, je l'ai étoffée, j'ai voulu l'emmener au-delà du pédagogique. Le cas particulier que j'avais traité a engendré le cas du détective, critique d'une des figures les plus typiques du XIXe siècle, et c'est ainsi que, par la force des choses, j'ai dépassé l'objectif que le film, en tant qu'œuvre collective, avait dû se fixer.

FRIEDRICH DÜRRENMATT

NOTE SUR LA GENÈSE DE *LA PROMESSE* ET SES NOMBREUSES ADAPTATIONS CINÉMATOGRAPHIQUES

En janvier 1957, dans le cadre d'une enquête lancée par l'hebdomadaire zurichois *Weltwoche*, Friedrich Dürrenmatt répond à la question : Y a-t-il un thème typiquement suisse qui devrait absolument être adapté au cinéma ? Son verdict : "Les bons sujets de film sont dans la rue." Peu de temps après, Dürrenmatt fait la connaissance de Lazar Wechsler, fondateur de Praesens-Film, maison de production incontournable du paysage suisse au XXe siècle. Le 27 mars 1957, il remet à Wechsler un synopsis de deux pages, et se voit immédiatement confier l'écriture d'un scénario conforme à son idée de départ, inspirée par les nombreux cas de crimes à caractère sexuel commis alors sur des enfants. Une publication en volume est envisagée dès les prémices de ce projet.

La première version de l'histoire, intitulée *La Promesse*, est sans doute prête dès le mois de juillet 1957. Lazar Wechsler engage le réalisateur Wolfgang Staudte, ainsi que l'acteur Martin Held pour jouer le rôle principal du commissaire ; la sortie du film est fixée à janvier 1958. Staudte propose un nouveau titre, *Ça s'est passé en plein jour (Es geschah am hellichten Tag)*, mais Dürrenmatt s'y oppose ; il préférerait l'intituler *Ce matin, Dieu est resté au lit* ou *Schrott part en vadrouille*. Les producteurs ne sont pas convaincus et préfèrent conserver le premier titre. Souffrant, Dürrenmatt a pris du retard dans le traitement de son intrigue, et comme le tournage est sans cesse repoussé (il aura finalement lieu entre février et avril 1958), le réalisateur et l'acteur principal quittent le projet. On engage alors un nouveau réalisateur, Ladislas Vajda, qui accepte à condition de pouvoir retravailler le scénario avec Dürrenmatt. Le célèbre acteur allemand Heinz Rühmann jouera le rôle du commissaire ; mais celui-ci exige à son tour que son propre scénariste, Hans Jacoby, rejoigne l'équipe en tant que conseiller artistique. Dürrenmatt écrit l'intégralité de son scénario entre octobre 1957 et janvier 1958 ; Ladislas Vajda et Hans Jacoby remanieront encore cette première version du script. Mais c'est finalement Dürrenmatt lui-même qui présente le film à la Berlinale le 4 juillet 1958. On peut notamment y voir Heinz Rühmann en Matthias, Gert Fröbe en Schrott et Michel Simon en colporteur.

Entre mars et juillet 1958, Friedrich Dürrenmatt retravaille son scénario en profondeur pour en faire un roman, et y ajoute, outre le sous-titre devenu célèbre : "Requiem pour le roman policier", une nouvelle conclusion, ainsi que le récit-cadre, absent du film. Le roman paraît d'abord en feuilleton dans le grand quotidien *Neue Zürcher Zeitung*, du 5 au 28 août 1958, et il est publié la même année aux

Éditions de l'Arche, à Zurich, enrichi de la postface qu'on vient de lire, et de cette dédicace : "À Lazar Wechsler, le chef, et Ladislas Vajda, le réalisateur."

Après cette première adaptation de 1958, *La Promesse* a été porté de nombreuses fois à l'écran. Citons, dans l'ordre chronologique : *The Cold Light of Day / Tod im kalten Morgenlicht* (1994, réalisé par Rudolf van den Berg, co-production anglaise, allemande et néerlandaise) ; un nouveau téléfilm reprenant le titre original, *Es geschah am hellichten Tag* (réalisé par Nico Hofmann, première diffusion sur la chaîne allemande Sat 1 le 4 janvier 1997) ; *Szürküler / Crépuscule* (réalisé par György Fehér, co-production suisse et hongroise, date précise non connue). Le roman sera lui aussi adapté au cinéma : après *La promessa* (1978, réalisé par Alberto Negrin, co-production italienne, suisse et allemande), il faudra attendre la plus célèbre version du film, *The Pledge*, réalisée en 2001 par Sean Penn, avec Jack Nicholson dans le rôle du commissaire Jerry Black, pour que les intentions de Dürrenmatt soient enfin respectées : Black sombrera dans la folie, comme Matthias et ne quittera plus son banc devant la station-service, ayant échoué à retrouver l'assassin de la petite Gretl alors que sa supposition était la bonne.

256 Larry McMurtry, *Et tous mes amis seront des inconnus*
255 Wallace Stegner, *Vue cavalière*
254 Piergiorgio Pulixi, *L'Illusion du mal*
253 Helene Bukowski, *Les Dents de lait*
252 JoAnne Tompkins, *Ce qui vient après*
251 Mark Haskell Smith, *Elephant crunch*
250 Tiffany McDaniel, *L'été où tout a fondu*
249 Alan Le May, *La Prisonnière du désert*
248 Oakley Hall, *Warlock*
247 Peter Swanson, *Chaque serment que tu brises*
246 Giulia Caminito, *L'eau du lac n'est jamais douce*
245 Christina Sweeney-Baird, *La Fin des hommes*
244 John D. Voelker, *Testament d'un pêcheur à la mouche*
243 Maren Uthaug, *Et voilà tout*
242 Ross Macdonald, *La Face cachée du dollar*
241 Pete Fromm, *Le Lac de nulle part*
240 Julia Glass, *Conte d'automne*
239 Giorgio Scerbanenco, *Vénus privée*
238 Elliot Ackerman et James Stavridis, *2034*
237 Thomas Savage, *La Reine de l'Idaho*
236 Kathleen Dean Moore, *Sur quoi repose le monde*
235 Walter Tevis, *L'Arnaqueur*
234 Paul Tremblay, *La Cabane aux confins du monde*
233 Mario Rigoni Stern, *Histoire de Tönle*
232 Kate Reed Petty, *True Story*
231 William Boyle, *La Cité des marges*
230 Keith McCafferty, *Le Baiser des Crazy Mountains*
229 Elliot Ackerman, *En attendant Eden*
228 John Gierach, *Même les truites ont du vague à l'âme*
227 Charles Portis, *True Grit*
226 Jennifer Haigh, *Ce qui gît dans ses entrailles*
225 Doug Peacock, *Marcher vers l'horizon*

224 James McBride, *Deacon King Kong*
223 David Vann, *Komodo*
222 John Farris, *Furie*
221 Edward Abbey, *En descendant la rivière*
220 Bruce Machart, *Des hommes en devenir*
219 Mark Haskell Smith, *À bras raccourci*
218 Winston Groom, *Forrest Gump*
217 Larry McMurtry, *Les Rues de Laredo*
216 Terry Tempest Williams, *Refuge*
215 Wallace Stegner, *La Vie obstinée*
214 Piergiorgio Pulixi, *L'Île des âmes*
213 Giulia Caminito, *Un jour viendra*
212 Julia Glass, *Refaire le monde*
211 David Heska Wanbli Weiden, *Justice indienne*
210 Alex Taylor, *Le sang ne suffit pas*
209 Ross Macdonald, *Le Frisson*
208 Tiffany McDaniel, *Betty*
207 John D. Voelker, *Itinéraire d'un pêcheur à la mouche*
206 Thomas Berger, *Little Big Man*
205 Peter Swanson, *Huit crimes parfaits*
204 Andy Davidson, *Dans la vallée du soleil*
203 Walter Tevis, *L'Homme tombé du ciel*
202 James Crumley, *Le Canard siffleur mexicain*
201 Robert Olmstead, *Le Voyage de Robey Childs*
200 Pete Fromm, *Chinook*
199 Keith McCafferty, *La Vénus de Botticelli Creek*
198 Tom Robbins, *Jambes fluettes, etc.*
197 Nathaniel Hawthorne, *La Lettre écarlate*
196 Jennifer Haigh, *Le Grand Silence*
195 Kent Wascom, *Les Nouveaux Héritiers*
194 Benjamin Whitmer, *Les Dynamiteurs*
193 Barry Lopez, *Rêves arctiques*
192 William Boyle, *L'amitié est un cadeau à se faire*
191 Julia Glass, *Jours de juin*

190 Mark Haskell Smith, *Coup de vent*
189 Trevanian, *L'Été de Katya*
188 Chris Offutt, *Sortis des bois*
187 Todd Robinson, *Une affaire d'hommes*
186 Joe Wilkins, *Ces montagnes à jamais*
185 James Oliver Curwood, *Grizzly*
184 Peter Farris, *Les Mangeurs d'argile*
183 David Vann, *Un poisson sur la Lune*
182 Mary Relindes Ellis, *Le Guerrier Tortue*
181 Pete Fromm, *La Vie en chantier*
180 James Carlos Blake, *Handsome Harry*
179 Walter Tevis, *Le Jeu de la dame*
178 Wallace Stegner, *Lettres pour le monde sauvage*
177 Peter Swanson, *Vis-à-vis*
176 Boston Teran, *Méfiez-vous des morts*
175 Glendon Swarthout, *Homesman*
174 Ross Macdonald, *Le Corbillard zébré*
173 Walter Tevis, *L'Oiseau moqueur*
172 John Gierach, *Une journée pourrie au paradis des truites*
171 James Crumley, *La Danse de l'ours*
170 John Haines, *Les Étoiles, la neige, le feu*
169 Jake Hinkson, *Au nom du Bien*
168 James McBride, *La Couleur de l'eau*
167 Larry Brown, *Affronter l'orage*
166 Louisa May Alcott, *Les Quatre Filles du docteur March*
165 Chris Offutt, *Nuits Appalaches*
164 Edgar Allan Poe, *Le Sphinx et autres histoires*
163 Keith McCafferty, *Les Morts de Bear Creek*
162 Jamey Bradbury, *Sauvage*
161 S. Craig Zahler, *Les Spectres de la terre brisée*
160 Margaret Mitchell, *Autant en emporte le vent*, vol. 2
159 Margaret Mitchell, *Autant en emporte le vent*, vol. 1
158 Peter Farris, *Dernier Appel pour les vivants*
157 Julia Glass, *Une maison parmi les arbres*

156 Jim Lynch, *Le Chant de la frontière*
155 Edward Abbey, *Le Feu sur la montagne*
154 Pete Fromm, *Comment tout a commencé*
153 Charles Williams, *Calme plat*
152 Bob Shacochis, *Sur les eaux du volcan*
151 Benjamin Whitmer, *Évasion*
150 Glendon Swarthout, *11 h 14*
149 Kathleen Dean Moore, *Petit Traité de philosophie naturelle*
148 David Vann, *Le Bleu au-delà*
147 Stephen Crane, *L'Insigne rouge du courage*
146 James Crumley, *Le Dernier Baiser*
145 James McBride, *Mets le feu et tire-toi*
144 Larry Brown, *L'Usine à lapins*
143 Gabriel Tallent, *My Absolute Darling*
142 James Fenimore Cooper, *La Prairie*
141 Alan Tennant, *En vol*
140 Larry McMurtry, *Lune comanche*
139 William Boyle, *Le Témoin solitaire*
138 Wallace Stegner, *Le Goût sucré des pommes sauvages*
137 James Carlos Blake, *Crépuscule sanglant*
136 Edgar Allan Poe, *Le Chat noir et autres histoires*
135 Keith McCafferty, *Meurtres sur la Madison*
134 Emily Ruskovich, *Idaho*
133 Matthew McBride, *Frank Sinatra dans un mixeur*
132 Boston Teran, *Satan dans le désert*
131 Ross Macdonald, *Le Cas Wycherly*
130 Jim Lynch, *Face au vent*
129 Pete Fromm, *Mon désir le plus ardent*
128 Bruce Holbert, *L'Heure de plomb*
127 Peter Farris, *Le Diable en personne*
126 Joe Flanagan, *Un moindre mal*
125 Julia Glass, *La Nuit des lucioles*
124 Trevanian, *Incident à Twenty-Mile*
123 Thomas Savage, *Le Pouvoir du chien*

122 Lance Weller, *Les Marches de l'Amérique*
121 David Vann, *L'Obscure Clarté de l'air*
120 Emily Fridlund, *Une histoire des loups*
119 Jake Hinkson, *Sans lendemain*
118 James Crumley, *Fausse Piste*
117 John Gierach, *Sexe, mort et pêche à la mouche*
116 Charles Williams, *Hot Spot*
115 Benjamin Whitmer, *Cry Father*
114 Wallace Stegner, *Une journée d'automne*
113 William Boyle, *Tout est brisé*
112 James Fenimore Cooper, *Les Pionniers*
111 S. Craig Zahler, *Une assemblée de chacals*
110 Edward Abbey, *Désert solitaire*
109 Henry Bromell, *Little America*
108 Tom Robbins, *Une bien étrange attraction*
107 Christa Faust, *Money Shot*
106 Jean Hegland, *Dans la forêt*
105 Ross Macdonald, *L'Affaire Galton*
104 Chris Offutt, *Kentucky Straight*
103 Ellen Urbani, *Landfall*
102 Edgar Allan Poe, *La Chute de la maison Usher et autres histoires*
101 Pete Fromm, *Le Nom des étoiles*
100 David Vann, *Aquarium*
99 *Nous le peuple*
98 Jon Bassoff, *Corrosion*
97 Phil Klay, *Fin de mission*
96 Ned Crabb, *Meurtres à Willow Pond*
95 Larry Brown, *Sale Boulot*
94 Katherine Dunn, *Amour monstre*
93 Jim Lynch, *Les Grandes Marées*
92 Alex Taylor, *Le Verger de marbre*
91 Edward Abbey, *Le Retour du gang*
90 S. Craig Zahler, *Exécutions à Victory*
89 Bob Shacochis, *La femme qui avait perdu son âme*

88 David Vann, *Goat Mountain*
87 Charles Williams, *Le Bikini de diamants*
86 Wallace Stegner, *En lieu sûr*
85 Jake Hinkson, *L'Enfer de Church Street*
84 James Fenimore Cooper, *Le Dernier des Mohicans*
83 Larry McMurtry, *La Marche du mort*
82 Aaron Gwyn, *La Quête de Wynne*
81 James McBride, *L'Oiseau du Bon Dieu*
80 Trevanian, *The Main*
79 Henry David Thoreau, *La Désobéissance civile*
78 Henry David Thoreau, *Walden*
77 James M. Cain, *Assurance sur la mort*
76 Tom Robbins, *Nature morte avec Pivert*
75 Todd Robinson, *Cassandra*
74 Pete Fromm, *Lucy in the Sky*
73 Glendon Swarthout, *Bénis soient les enfants et les bêtes*
72 Benjamin Whitmer, *Pike*
71 Larry Brown, *Fay*
70 John Gierach, *Traité du zen et de l'art de la pêche à la mouche*
69 Edward Abbey, *Le Gang de la clef à molette*
68 David Vann, *Impurs*
67 Bruce Holbert, *Animaux solitaires*
66 Kurt Vonnegut, *Nuit mère*
65 Trevanian, *Shibumi*
64 Chris Offutt, *Le Bon Frère*
63 Tobias Wolff, *Un voleur parmi nous*
62 Wallace Stegner, *La Montagne en sucre*
61 Kim Zupan, *Les Arpenteurs*
60 Samuel W. Gailey, *Deep Winter*
59 Bob Shacochis, *Au bonheur des îles*
58 William March, *Compagnie K*
57 Larry Brown, *Père et Fils*
56 Ross Macdonald, *Les Oiseaux de malheur*
55 Ayana Mathis, *Les Douze Tribus d'Hattie*

54 James McBride, *Miracle à Santa Anna*
53 Dorothy Johnson, *La Colline des potences*
52 James Dickey, *Délivrance*
51 Eve Babitz, *Jours tranquilles, brèves rencontres*
50 Tom Robbins, *Un parfum de jitterbug*
49 Tim O'Brien, *Au lac des Bois*
48 William Tapply, *Dark Tiger*
46 Mark Spragg, *Là où les rivières se séparent*
45 Ross Macdonald, *La Côte barbare*
44 David Vann, *Dernier jour sur terre*
43 Tobias Wolff, *Dans le jardin des martyrs nord-américains*
42 Ross Macdonald, *Trouver une victime*
41 Tom Robbins, *Comme la grenouille sur son nénuphar*
40 Howard Fast, *La Dernière Frontière*
39 Kurt Vonnegut, *Le Petit Déjeuner des champions*
38 Kurt Vonnegut, *Dieu vous bénisse, monsieur Rosewater*
37 Larry Brown, *Joe*
36 Craig Johnson, *Enfants de poussière*
35 William G. Tapply, *Casco Bay*
34 Lance Weller, *Wilderness*
33 Trevanian, *L'Expert*
32 Bruce Machart, *Le Sillage de l'oubli*
31 Ross Macdonald, *Le Sourire d'ivoire*
30 David Morrell, *Rambo*
29 Ross Macdonald, *À chacun sa mort*
28 Rick Bass, *Le Livre de Yaak*
27 Dorothy Johnson, *Contrée indienne*
26 Craig Johnson, *L'Indien blanc*
25 David Vann, *Désolations*
24 Tom Robbins, *B comme Bière*
23 Glendon Swarthout, *Le Tireur*
22 Mark Spragg, *Une vie inachevée*

CET OUVRAGE A ÉTÉ COMPOSÉ PAR
ATLANT'COMMUNICATION
AU BERNARD (VENDÉE).

ACHEVÉ D'IMPRIMER EN AOÛT 2023 SUR LES PRESSES
DE NORMANDIE ROTO IMPRESSION S.A.S., 61250 LONRAI
POUR LE COMPTE DES ÉDITIONS GALLMEISTER
13, RUE DE NESLE, 75006 PARIS

IMPRIMÉ EN FRANCE

DÉPÔT LÉGAL : OCTOBRE 2023
N° D'IMPRESSION : 2303461